はじめに

　私たちが三重大学病院のホームページへ「院長の部屋」と題してブログの連載を開始したのが平成22(2010)年1月、3年半後に桑名市総合医療センターへ移動しましたが、それ以降も「理事長の部屋」と改名して病院のホームページへ連載を続け、足掛け12年の歳月が過ぎました。毎月、折々の花の稚拙な写真と文章さらにイラストで、とにかく手探りの状態で無我夢中に続けて参りました。いずれもお恥ずかしいばかりの拙い出来ですが、こうして長い間続けられたのも、終始温かいご支援をいただきました患者さんやご家族の皆様、病院の職員や友人などの読者の皆様のお蔭と心より感謝致しております。ほんとうに有難うございました。

　またこれらのブログを2年ごとにまとめて単行本として発行して参りましたが、既に5冊を数えるまでになり、本書は6冊目にあたります。これまでの出版にあたり、最初からずっとお世話いただきましたのが、三重大学出版会の濱森太郎先生です。編集や製本などにまったく無縁であった私たちにとって、先生の温かくやさしいご指導とお言葉は、どれだけの励みになったことでしょうか。もし先生のご指導が無かったら、ここまで出版を重なることはできなかったと思います。ほんとうに有難うございました。心より御礼申し上げます。

　ところがその濱先生が、令和2(2020)年12月、急逝されました。あまりにも突然のことでした。お亡くなりになる1年ほど前から、時々ご体調のことについて相談をいただいておりましたが、基本的には大きな問題はなくお元気に過ごしていらっしゃいました。コロナ禍の暑い夏を無事乗り切られ、冬に備えてこれから・・・と思っておられた矢先の急変でした。長年尊敬し最も信頼して参りました先生の突然の訃報、一瞬言葉を失い呆然と致しました。今こうして筆を執っていますと、先生のお顔が浮かんで参ります。先生は笑顔の素晴らしい方でした。三重大学出版会の事務所へお伺いしますと、先生はいつも机上のパソコンに向かって仕事されていました。私の来訪を知ってパッと振り向かれ、ほんとうにこぼれるような温かい笑顔でお迎えくださいました。その屈託ない笑顔に、もうお目にかかれないのかと思うと寂しくて仕方ありません。先生、ほんとうに有難うございました。心よりご冥福をお

祈り致します。

　先生を失くして、これから私たちの出版はどうなるのだろうか、不安になりました。三重大学出版会も解散するとお聞きし、これからどうしたら良いのかと悩んでいました。そんな時、奥様の濱千春様が先生のご遺志を継いで出版会を続けられるとお聞きしました。これは私たちにとっては何よりの朗報で、早速出版のお世話をお願い致しました。そして奥様や出版会の皆様の懇切丁寧なご指導のお蔭により、ようやく本書「新理事長の部屋から」の誕生をみることになったのです。濱千春様および出版会の皆様には、改めて深く御礼申し上げます。

　本書には、令和2(2020)年4月から令和3(2021)年12月までの桑名市総合医療センターのホームページで連載したブログ21扁を収載しています。この2年間は、世界中がコロナ、コロナに振り回された時でもありました。日本でも、新型コロナウイルスが初めて確認されてから、第5波の感染拡大が終わり第6波の始まろうとしていた頃までに相当します。この間、毎月のブログにて、新型コロナ感染症の最新情報を紹介して参りましたが、本書では、それらの記事を「新型コロナ感染顛末記」として巻末にまとめました。力不足の甚だ不十分な内容ではありますが、ご一読いただきますことにより、この未曾有のパンデミック感染症の一端でもご理解いただくことの一助になれば幸いです。

　なお植物名の表記は、従来通り、日本古来の植物は「ひらがな」または漢字で、外来種は原則カタカナとしました。また植物学的な記述はカタカナで統一しました。

　末筆ながら、濱森太郎先生のご冥福を重ねてお祈り申し上げます。

令和4年9月9日

竹田　寛

恭子

目次

令和2年

（2020年）

4月：姫踊子草（ひめおどりこそう）

－となりのトトロ、トトロのとなり、みんなトトロ－

踊り子とは名ばかりの、ずんぐりむっくりした愛嬌者、みんな心優しいトトロなのです。

　　令和 2(2020)年 4 月、新しい年度の出発に「さあ、張り切って！」と勢い
よく飛び出したいところですが、この 3、4 月は新型コロナウイルス感染の世
界的な拡大で、何もかもたいへんでした。日本でも感染者が 1 万人を超え、
入院患者も増えて病床がひっ迫しそうになりました。緊張した慌ただしい日
常に追われている私たち、しかしそれをよそに、春の野では可愛い野草たち
がすくすく伸びています。その中の一つ、ずんぐりむっくりした愛嬌者、姫
踊子草が今月の主役です。彼らは、麗らかな春の野の片隅で、愉快な寸劇を
様々に演じています。今回はそのいくつかを紹介致します。
　　ヒメオドリコソウ（姫踊子草）は、ヨーロッパ原産のシソ科オドリコソウ
属の植物で、明治時代に渡来した帰化植物です。葉には紫蘇（シソ）に似た
網目状の脈があり、前後左右、四方に向けて対生します。そのためずんぐり
むっくりした姿になるのです。葉の色は、下部は緑色ですが、上部になると
赤紫色に変色します。茎はシソ科の植物に共通して四角柱です。上部の葉の
間から顔を覗かせるようにして、ピンク色の小さな花がたくさん咲きます。

1

上から見た姫踊子草の葉
姫踊子草

姫踊子草の花の付着部（矢印）

立ち上がってこちらを見上げる子ねずみかモルモットの群のようです。

同じシソ科オドリコソウ属の仲間で在来種のオドリコソウ（踊子草）の花によく似ていますが、サイズが小さいため姫踊子草と呼ばれます。また野原や畔などで、よく似た小さなピンク色の花を咲かせるホトケノザ（仏座）も、同じシソ科オドリコソウ属の仲間です。これらの花の1個1個は、いずれも編み笠をかぶって踊る人に似ています。全体的に見ると、とても「踊り子」には見えないずんぐり姿の姫踊子草ですが、1個の花の形をもとにして可愛い名前が付けられたのですね。

踊子草

ホトケノザ

上唇

下唇

　シソ科の花の特徴は、花弁が合着して筒状になり、唇のような形になりますので、「唇形花」と呼ばれます。オドリコソウ属の花では、筒先が大きく上下の裂片に分かれ、それぞれ「上唇」、「下唇」　と呼びます。

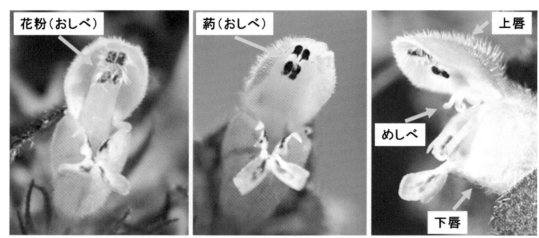

花粉（おしべ）　　　　葯（おしべ）　　　　　　　　　　上唇

めしべ

下唇

姫踊子草の「おしべ」の花粉と葯、および「めしべ」

　姫踊子草には、「おしべ」4本、「めしべ」が1本ありますが、いずれも上唇の裏側にぴったり付着しています。上唇を下から見上げますと、「おしべ」の花糸の先端にある黄色い花粉や、花粉が無くなった後には黒っぽい葯がそれぞれ4個ずつ見えますが、白っぽい花糸はなかなか見分けられません。同様に白い「めしべ」も上唇の裏に付着している間はほとんど見えず、垂れ下がって上唇から離れるようになって、ようやく確認できます。私が普通のルーペを使って調べた限りでは、姫踊子草の花の10〜20個に1個ぐらいしか「めしべ」を確認できませんでした。

　さてこれから姫踊子草たちが繰り広げる微笑ましい寸劇の数々をご覧に入れましょう。

井戸端会議に忙しい奥様方

デュエットを楽しむ二人　　　　　　　　おしゃまな女の子

「ほとけのざ」のお嬢さん方に、
甘い言葉で言い寄るイケメンの男
の子。目はトロンとし口元は緩み
っぱなしです。

お嬢さんたちに喧嘩を売る
勇敢な男の子もいます。

　意外や意外、姫踊子草は太っちょの体には似つかない、細いひょろっとした一本足で突っ立っています。
　遠くを見上げて絶叫するバンドの青年たちのようにも見えます。

　花の咲いていない姫踊子草は、上の方の葉が折り重なって複雑な表情を示します。両端の写真では、熊の顔のように見え、それらが立ち並ぶ姿は、さながら森の番人のようです。

　上の写真は、午後遅く、野に咲く姫踊子草をそのまま逆光で撮影したものです。傾きかけた陽の光に透かしますと、不思議なことに他の野草は緑色のままですが、姫踊子草だけがセピア色に変色して不気味な形相となります。蝉の抜け殻のようでもあり、合戦で敗れた落武者の亡霊のようでもあって、恐怖感さえ感じます。

　右の写真では、背骨が上下に走り肋骨も骨盤骨もあって、まるで人間のレントゲン写真を見ているようです。そうなりますと私の内にある、今ではすっかり古錆びてしまって使い物にならなくなった画像診断医としての魂が、俄かに騒ぎ出します。

蝉の抜け殻？　　　　　　　　　　　　　　　　　　　　　　レントゲン写真？

何処かへ帰っていくようです。まるでゲルマン民族の大移動です。いったい何処へ行こ
うとしているのでしょうか。

　アニメ映画「となりのトトロ」は、言わずと知れた宮崎駿（はやお）監督
の代表作の一つで、1988 年に公開されました。その後 30 年近くにわたり
テレビで何度も放映されましたので、若い人には観られた方も多いと思いま
す。私たちも、ポスターを観たり主題歌にも馴染んでいましたので、何とな
く「トトロ」のイメージは持っていました。それで今回、姫踊子草の写真を
撮っていて、ふと連想したのが「トトロ」です。太っちょで人の良い愛嬌者

というイメージですが、ただ
実際に映画を観ていないので
自信がありませんでした。そ
こで今回観てみました。する
とまさしくその通りでした。
父親と幼い姉妹、サツキとメ
イが田舎の古い民家へ引っ越
して来ます。病気の母の入院
する療養所の近くに在る里山
です。そこで二人は子供にし
か見えないお化け「トトロ」に
出会います。何時も眠ってば

かりいる善良な愛嬌者で、ちょうどドラえもんに似た設定ですが、体はずっと大きく、言葉はしゃべれず、森の中の大木の奥に住んでいます。「トトロ」は幼い姉妹と友達になり、二人の望みをかなえるために活躍します。大人も子供も楽しめるファンタジーです。背景には、戦後間もない昭和の里山風景が描かれ、野山や村、民家の様子が私たちの郷愁を呼び覚まします。忠実に写生された「ひまわり」や「あざみ」の花が登場するのも嬉しくなります。映画界の巨匠黒澤明監督は、自分の選んだ映画 100 本の中に、アニメ映画として唯一この映画を選んでいます（「黒澤明の選んだ 100 本の映画」黒澤和子編、文春新書）。

　一方、踊り子と云えば、まず頭に浮かぶのが川端康成の名作「伊豆の踊子」です。「雪国」と並んで、冒頭の文章の美しいことで知られます。

**　道がつづら折りになって、いよいよ天城峠に近づいたと思ふ頃、雨脚が杉の密林を白く染めながら、すさまじい早さで麓から私を追って来た。**
　　　　（川端康成全集 第 1 巻　伊豆の踊子　新潮社　昭和 40 年）

　田中絹代、美空ひばり、鰐淵晴子、吉永小百合、内藤洋子、山口百恵を主演女優として 6 回映画化されました。私が観たのは 1963 年製作の吉永小百合、高橋秀樹版で、高校時代、中間か期末試験の終わった日に、同じサユリストの友人数人と映画館へ行きました。皆、小百合さんの初々しさに、ハラハラドキドキしながら見とれていたことと思います。

「さよならも言えず　泣いている　私の踊子よ　ああ　船が出る」の歌い出しで始まる正統派歌手、三浦洸一の唄った「踊子」（作詞：喜志邦三、作曲：渡久地政信）も素晴らしい曲でした。高校の体育の先生、サッカーでは少し名の知れた好青年でしたが、よくこの歌を口ずさんでおられましたので、「お好きなんですか？」と尋ねますと、「ええ歌やろ！」と日焼けした顔を緩めながら少し恥ずかしそうに答えてくれました。その時「この先生、純情なんやなあ」と、生徒のくせに生意気にも思ったものでした。その純情な先生の歌をもう少し続けましょう。
「天城峠で　会うた日は　絵のように　あでやかな　袖が雨に　濡れていた　赤い袖に　白い雨・・・」

　また欧米における踊り子として私の脳裏に浮かぶのは、後期印象派を代表する画家の一人、ロートレックです。アンリ・ド・トゥールーズ＝ロートレック（1864-1901 年)は、伯爵家という裕福な家庭に生まれますが、生まれつ

き骨格に異常があり、顔や体躯は正常ですが両足が極端に短く、成人しても身長は150cmほどしかないという身体障害者でした。子供の頃から画才を発揮し、画家としての修業を積んでいきます。ただ自分に身体的なコンプレックスがあったからでしょうか、ムーラン・ルージュなどのダンスホールや酒場に入り浸っては放蕩生活を続け、娼婦や踊り子らの女性に共感を抱き、働く彼女らの赤裸々な姿を愛情込めて描きました。ポスターにも名作が多く、ポスターを芸術の域にまで高めた画家でもあります。私にとってロートレックには、もう一つ興味深いことがあります。それはゴッホと接点のあったことです。1886年から翌年にかけて、二人はパリで同じフェルナン・コルモンの画塾で学んでいます。アカデミックな画風の画塾において異端な二人でしたが、周囲にお構いなしにそれぞれ自分の絵画を追求し続けます。この時、ロートレックはゴッホから、かなりの影響を受けたそうです。画風のまったく異なる二人、ロートレックの絵にゴッホの影響があったとは夢にも思いませんでした。右下の絵は、ロートレックの描いたゴッホの肖像画です。

ロートレック　ポスター「ムーラン・ルージュ」
1891 年　トゥールーズ＝ロートレック美術館蔵

ロートレック　ゴッホの肖像
1887 年　ゴッホ美術館蔵

パステル画ですが、ゴッホの用いた筆致を駆使して描かれていて、まるでゴッホの自画像です。それで「ロートレックの描いたゴッホの自画像」と評されます（「ゴッホとロートレック」嘉門安雄著　朝日選書）。なるほど、うまく言うものですね。

　また二人はともに37歳で亡くなっています（正確にはロートレックは36歳10か月ですが）。そして日本の宮沢賢治も・・・。私の好きな画家や作家が37歳で亡くなっている、偶然の一致と云えばそれまでですが、何かそれ以上のものを感じます。

令和2年4月

　掲載しましたロートレックの2枚の絵は、それぞれ WebMuseum, Paris およびゴッホ美術館のホームページよりダウンロードしました。

春の野には、姫踊子草の大群がぎっしり育っています。

5月：つつじ（躑躅）

―三度目の正直、「つつじ」はちっとも悪くないのですが・・・―

満開の「つつじ」。小山のようになって咲いています。

　5 月も中旬を過ぎ、新型コロナウイルス感染も少し収束の兆しが見えて来ました。全国に発令されていました緊急事態宣言も解除され、私たち医療人はもとより国民の誰もが「やれやれ、一安心」と胸を撫で下ろしているところです。

　さて今月の花はつつじ（躑躅）です。三度目の正直で「つつじ」となりました。と申しますのは、最初に「つつじ」にしようと思ったのは 4 年前、2016年 5 月です。連日「つつじ」の写真を撮っていたのですが、「つつじ」の枝に巻き付くように咲いていた「すいかずら」の面白さに目を奪われ、何時の間にか「すいかずら」の写真ばかり撮っていました。2 回目は昨年（2019 年）5月、今度こそ「つつじ」と意気込んでいたのですが、たまたま近所の小川沿

すいかずら　　　　　　　　　　　夕化粧

いに咲く小さな桃色の花を発見しました。以前より憧れていた「夕化粧」、
世紀の大発見です。その可憐な姿にすっかり魅了され、また「つつじ」のこ
とを忘れてしまいました。それで今年こそは、断固として「つつじ！」と決
めていましたので、ようやく実現の運びとなりました（実は、また危うかっ
たのですが・・・）。まさに三度目の正直です。

満開の白い「つつじ」。清楚な「爽やかさ」に魅かれます。

「つつじ」は、漢字で躑躅と書きます。難しい字ですね。しかも植物の名前なのに、漢字には2つとも「草かんむり」ではなく「足へん」がついています。どうしてでしょうか？躑躅は音読みでテキチャクと読み、「あしぶみする」「躍り上がる」などの意味だそうです。中国の古文書に、植物の「つつじ」のことを羊躑躅（ヨウテキチャク）と言うと記されています。「つつじには毒があり羊が食べると躍り上がって死ぬ」とか、「羊がつつじを見ると毒が怖いので足踏みする」というのが由来だそうです。ちょうど早春の奈良公園を彩る馬酔木（あせび、またはあしび）のようですね。馬がこの木の葉を食べると酔っぱらったようになってふらつくそうです。奈良公園では、鹿が馬酔木を避けて他の木の葉を食べるために、馬酔木が多く残っているのだそうです。

馬酔木（あせび）

　「つつじ」はツツジ属の仲間の総称ですが、その種類は、野生種、交配種など膨大な数になります。以前に取り上げた「三つ葉つつじ」や「しゃくなげ」もツツジの仲間です。一方、「さつき」もツツジの仲間ですが、三重県は「さつき」の苗木の生産量が日本一で全国シェアの約40%を占めるそうです。そのため子供の頃から「さつき」が身の回りにたくさんあって慣れ親しんで来たせいでしょうか、私自身もつい最近まで「つつじ」と「さつき」を混同していました。それで今回は、「つつじ」について「さつき」との相違点を中心として話を進めていきます。

		つつじ	さつき
木の大きさ		大きい	小さい
葉	大きさ	大きい	小さい
	硬さ	柔らかい	硬い
花	開花時期	早い 4月～5月上旬	遅い 5月下旬～6月上旬
	咲き方	若葉が出る前に咲く たくさんの蕾が揃って咲く	若葉の出揃った後に咲く 蕾が少しずつ咲いて行く
	大きさ	大きい	小さい
	花色	豊富（赤紫、桃、白など）	赤系が多い
	おしべの数	多い（8～10本）	少ない（5本）
俳句の季語		春	夏

「つつじ」と「さつき」の違いを前ページの表にまとめました。

1）最大の違いは開花時期です。桜の終わる頃咲くのが「つつじ」、5月も下旬になって暑くなった頃に咲くのが「さつき」です。そのため俳句の季語は、「つつじ」は春、「さつき」は夏です。

2）下の写真のように、葉も花も木も何でも大きいのが「つつじ」、小さいのが「さつき」です。

3）「つつじ」は、若葉の出る前にいっせいに花開きます。「さつき」は、若葉が出揃った後、蕾が少しずつ開いていきますので、満開のように見えても所々に蕾の残っていることがあります。

4）「おしべ」の数は、「つつじ」が8〜10本、「さつき」が5本です。

5）ツツジ属の花にみられる蜜標とは、虫を誘うために上の花弁にある派手な斑点模様ですが、「つつじ」では明瞭にみられます。

葉の大きさの比較（左表、右裏）

（左）満開の「つつじ」。（右）「さつき」では若葉の出た後、蕾が少しずつ開き、ほぼ満開でも一部に蕾が残っています。

蜜標

つつじ
蜜標が明瞭で「おしべ」は 8〜10 本です。

さつき
蜜標は不明瞭で「おしべ」は 5 本です。

白と赤紫の花の入り混じった「つつじ」の大木。一本の木ではないと思います。

さて「三度目の正直」ですが、私たちの桑名市総合医療センターも「三度目の正直」でようやく出来上がった病院です。ことの発端は、今から13年前の平成18(2006)年に遡ります。

1）桑名市民病院あり方委員会の設置

　長年にわたる業績不振と膨大な累積赤字に苦しんでいた桑名市民病院（234床）の経営を立て直すために、平成18年1月医療関係者や有識者で構成される「桑名市民病院あり方委員会」が設置されました。そして桑名市民病院の将来像として、「病床数400床の急性期病院」、「非公務員型の地方独立行政法人」、「民間病院との再編統合」の三要件を満たすことが望ましいとの答申が出されました。

2）二度の話合い不調

　これを受けて、桑名市民病院と当時桑名市内で最大の民間病院であった山本総合病院（349床）との間で再編統合に向けた話し合いが始まりました。元々両病院は、長年総合病院としてライバル関係にあり、しかもそれぞれの内科医と外科医は、同じ三重大学医学部でありながら　桑名市民病院は第3内科と第2外科、山本病院は第1内科と第1外科からと、異なる医局からの派遣でしたので、お互い交流が希薄でした。その上公立と民間病院ですから、組織も職員の意識も異なります。したがって両者の話し合いは難航を極め、結局二度不調に終わりました。そこで桑名市は、民間の平田循環器病院（79床）の間での統合を進め、平成21(2009)年10月、地方独立行政法人桑名市民病院が誕生します。これに対し、桑名市医師会、桑名市民病院の評価委員会、さらに桑名市議会は、「両院の合併だけでは、病床数や診療機能も不十分である。さらに山本総合病院との合併を模索すべきである」と反論を唱え、平成22(2010)年9月桑名市議会は、その旨を決議致しました。この決議の効力は大きく、再び両病院で統合に向けた話合いの準備が始まりました。

3）「二度あることは三度ある」か、「三度目の正直」か？

　平成23(2011)年1月、桑名市、桑名市民病院および山本総合病院の三者で「桑名市民病院と山本総合病院の再編統合に関する確認書」が締結され、統合に向けた三度目の話合いが再開されました。しかし両病院の隔たりは大きく、なかなか妥結できそうにありません。三度目の交渉も駄目かと思われていた矢先、後押ししたのが平成22年度の厚労省「地域医療再生計画」です。各都道府県において地域医療を活性化するために具体的な計画を策定する

もので、三重県の計画に桑名市民病院と山本病院の統合計画が盛り込まれた
のです。その頃私は三重大学病院長として、その策定委員会の委員長を務め
ていました。委員会は、県内有力病院の院長や三重県医師会長、三重県病院
協会理事長、三重大学医学部教授などの医療関係者それに一般市民の方々な
どで構成されていました。両病院の統合計画に対し、医療関係の委員からは
「両病院は今まで競合関係にあり、統合に向けての話し合いも既に二度失敗
している。うまく行くはずがない。**二度あることは三度ある**」と強烈な反対
意見が続出しました。一方、厚労省や三重県は「官民病院の統合例として全
国モデルとなる画期的な取組だ。是非とも実現させたい。**三度目の正直**だ」
と意欲満々です。その板挟みにあった私は、両者の代表者と何度も何度も話
し合いを重ね、統合への意志を確認しました。そして最終的には委員長裁量
で採択とし、平成23年11月、両病院の統合案は厚労省に認められ予算化さ
れました。国からの補助が決まったものですから、その後両者の話し合いは
順調に進展し、翌平成24(2012)年4月に地方独立行政法人桑名市総合医療セ
ンターが誕生したのです。当時の私は、将来まさか自分が新しいセンターの
理事長を拝命するとは夢にも思っていませんでしたが・・・。それから6年、
東日本大震災や東京オリンピックなどによる建設費の高騰により、新病院の
建設工事は思うように進まず苦労しましたが、予定より 2 年遅れて平成
30(2018)年4月、ついに待望の新病院が完成しました。構想が始まってから、
実に12年の歳月が経過していました。

　最近7年間における桑名市総合医療センターの毎年のキャッシュ・フロー
収支の推移を示します（右下図）。平成25年から29年までは、組織的には
一つになっていました
が、まだ新病院ができて
いませんので、古い3病
院のままで医療を継続せ
ざるを得ませんでした。
老朽化した施設や設備の
まま、医師や看護師など
も分散して働いていたた
め診療の効率が悪く、毎
年2億円ほどの赤字を計

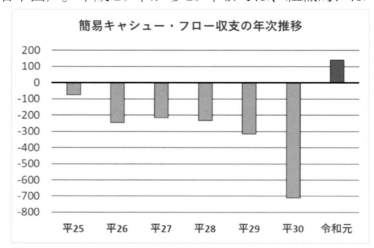

上していました。平成 30 年は新病院の完成した年です。高額の引越し費用と、開院前後数か月間の診療制限による減収のため 7 億円を超える赤字となりました。そして令和元(2019)年度、新病院が開院して 2 年目ですが、ようやく黒字となりました。私が当センターへ着任して 7 年目、初めての黒字です。もちろん私たちは、儲けるために医療をしているのではありません。「医は仁術である」ということは今でも真実であり、私もそう信じています。しかし病院経営の健全化は、より良き医療を実現するために必須の要件です。収支が黒字化することにより職員の待遇改善が図れ、施設や設備の更新ができます。そうしますと優秀な医師や看護師などのタッフが集まり、職員の診療に対する意欲も高まり、診療レベルも患者サービスも向上します。赤字では、まったく逆の負のスパイラルに陥ってしまいます。

　今、全国の公立病院の半数以上が赤字だと云われています。さらに今回のコロナ災禍は病院運営に深刻な影響を与えています。私たちの病院も例外ではありません。一日も早く通常の診療体制に戻り、職員が皆、明るく張り切って働けるようになることを祈っています。

6月：水田（みずた）

―水面（みなも）に映える青い空、白い雲、緑の山、

はるか遠くに過ぎ去った夏の日―

広大な水田に映える青い空と緑の山、美しい鏡面像です。

　この６月も日本列島は新型コロナウイルス感染一色でした。緊急事態宣言は５月 25 日に全面的に解除され全国的に新規感染者は激減しましたが、東京や隣接する県では、７月に入るや否や徐々に増え始め、どうやら第 2 波の拡大が訪れたようです。

　何とも落ち着かない不穏な日の続く中、田圃では水が張られ田植が行われています。水の張られた田圃を水田（みずた）と云いますが、まだ苗が植えられていない頃や植えられた苗が小さい頃には、水面に青い空や白い雲、緑の山などが美しく映ります。そこで今回は、美しい水田の様子を紹介致します。

水田に映える白い雲。規則正しく長方形に区切られた田圃の一画が水田となり、青空に浮かぶ白い雲が映っています。まるでテレビの画面を見ているようです。

水田の大きなキャンパスに、モクモクと膨らむ白い雲がダイナミックに描かれます。

晴れた日の午後、水田には空の青が美しく、送電塔がくっきり映ります。

　晴れた日に水田に映る青い空を、より青く撮影したい、誰もが願うことです。そのためには、どうすればよいのでしょうか。

　次ページの上下２枚の写真をご覧ください。６月の快晴の日、午後４時頃、田植えの終わったばかりの水田です。上の写真は、傾きかけた太陽を右手上方に拝むようにして逆光で撮影したものです。水の色は灰色をしています。その撮影後すぐに反対側へ回り、太陽の光を背にして順光性に撮影したのが下の写真です。水面は青空を反映して青く見えます。同じ水田でも、逆光よりも順光に撮影した方が青く見えます。水田の青空を青く撮るためには、順光性に撮影すること、これは基本というか常識のようです。その理由は分かるようで、よく分かりませんが・・・。

逆光で撮影すると水面は灰色しています（上）が、順光では水面は青に変わります（下）。

大樹の濃い影と背景の山の淡い影が、黄緑色の鮮やかな早苗の水田に映ります。

　西の山にかかろうとする夕陽を背に撮影したものです。ほんのり赤みがかった高速道路の白い陸橋が、画面の上端を横走します。青い水面に、海老茶色の陸橋と樹の緑が帯になって映っています。手前にも同じような模様が淡く見えますが、なぜ二重に映ったのでしょうか。

　まさに夕陽が山の端に沈もうとする頃です。長四角に区切られた水面には、薄暗く暮れた空が拡がり、蒼黒い山のシルエットと紅く輝く夕陽が、鮮明なコントラストを描きます。手前にあるのは、スイバの穂でしょうか。水田は夕陽を映すのも得意なのです。

夕暮れ時の水田の小径を、日傘の女性が歩いています。

夕暮れ時の水田に映る三本の電柱

　上の写真は、田植えの終わっていない水田で、午後遅く撮影したものです。暗くなりかけた青空に、ほんのり赤味がかった白い雲が浮かび、まもなく夕焼けが始まろうとしています。遠くの畔にはシロツメクサが群をなし、近くにはスイバの穂がおぼろげに立っています。遠近法のお手本のように電柱が3本並び、それを結ぶ電線はどこまで延びるのでしょうか。初夏の夕暮れ前の風景、何となく懐かしく、寂し気な景色です。私はこの写真を撮っている時、一枚の絵を想い浮かべていました。エドワード・ホッパー（1882-1967年）の「ガソリンスタンド」という油彩画です（次ページ）。1940年に描かれたということですから、アメリカは大恐慌の最中、第二次世界大戦の始まる前の頃です。舞台は田舎の小さなガソリンスタンド、夏の夕暮れでしょうか、うっそうとした暗い森に、建物から漏れる明るい光が好対照となっています。古めかしいガソリンの給油装置が3台、そこに1人黙々と働く男性が描かれています。昔懐かしい景色の中で、何とも云えない寂寥感、孤独感を感じます。ホッパーは、1920年代から30年代のアメリカの懐かしい建物や風景を舞台にして、その中で生活する人々の孤独や疎外感、寂寥感を描き、アメリカン・シーンの画家と呼ばれています。アメリカン・シーンとは、大恐慌による不況の時代のアメリカの情景を描いた絵画のことで、ホッパーはその代表的な画家です。上の写真の3本の電柱からホッパーの絵の3台の給油装置

エドワード・ホッパー　ガソリンスタンド　1940 年　ニューヨーク近代美術館蔵

を思い出した訳でもないのですが、何となく寂し気な情景が似ているように思います。

　一方、春から初夏にかけては、風の快い季節です。文字通り「薫風」です。そこで子供の頃に歌った、この季節の風の歌のうち、幾つか思い浮かぶものを挙げてみます。

♪♪　みどりのそよ風　いい日だね　蝶々もひらひら　豆のはな　♪♪

　「緑のそよ風」（作詞：清水かつら、作曲：草川信）は、小学校の音楽で習いましたが、1948 年 NHK ラジオで発表されたのだそうです。
　スエーデン民謡で「たのしいショティッシュ」（日本語詞：小林幹治）という歌もありました。

♪♪　ララ　真っ赤な帽子に　リボンが揺れてる　若い風が　歌ってるララ　トンボが飛んでる　野原の真ん中で　陽気に踊りましょうよ　♪♪

　これも小学校の頃、NHK テレビ「みんなの歌」で放送されたのを聴いて覚えました。

そして「花の街」です。１番から３番までの詞を記します。

花の街

作詞：江間章子　作曲：團伊玖磨

1　七色(なないろ)の谷を越えて
　　流れて行く　風のリボン
　　輪になって　輪になって
　　かけていったよ
　　<u>歌いながら</u>　(*)　かけていったよ

2　美しい海を見たよ
　　あふれていた　花の街よ
　　輪になって　輪になって
　　踊っていたよ
　　春よ春よと　踊っていたよ

3　すみれ色してた窓で
　　泣いていたよ　街の角(**)で
　　輪になって　輪になって
　　春の夕暮(ゆうぐ)れ
　　ひとりさびしく　泣いていたよ

　（*は「春よ春よ」、は「街の窓」とも歌われますが、本来の詞は表記の通りだそうです。）**

　作詞の江間章子(1913-2005 年)は、昭和を代表する唱歌の作詞家であり、代表作として「夏の思い出」があります。作曲は、オペラ「夕鶴」などの作曲家として、また「パイプのけむり」などのエッセイストとしても知られる團伊玖磨(1924-2001 年)です。この美しい歌曲は 1947（昭和 22）年に発表されました。終戦から２年後、日本中の焦土化した都市のあちこちに、まだその残骸がみられた頃です。作者は、焼け野原となった街角に立ち、かつての美しい街を想いながら書いた、いわば幻想の詞なのだそうです。１番と２番では、色とりどりの花が咲き、リボンの風が吹き、美しい海を見ながら、人々が楽しく歌い、踊る、そんな理想の街を歌います。しかし３番になりますと、ガラリと変わり、変わり果てた街角でひとり泣く主人公がいます。戦争で亡くなった多数の友人や人々を偲び、破壊された美しい街を哀しんで泣いているのでしょうか。私は、１番の歌詞しか知りませんでしたので、ただ美しい曲としか思っていませんでした。このような戦争体験にもとづく深い意味のある曲だとは、つゆも知りませんでした。

戦後生まれの私たちは、実際に焼け野原を見たことがありません。見ていたかも知れませんが覚えていません。そんな私たちにとって、この曲は、美しい風景の中で無心に遊んだ子供の頃や青春時代のことを、初夏の夕暮時ひとり思い出しは感慨に耽っている、そんな自分の姿にも重なって来ます。春から初夏にかけての夕暮れは、何となく寂しいものです。初夏の陽を浴びて光り輝き、爽やかな風に揺れる新緑を見ても哀しい・・・いよいよ老境に入って来たのでしょうか。

　しかしまだまだ、快いそよ風を頬に受けては心躍りますが・・・。

　♪♪　みどりのそよ風　いい日だね　蝶々もひらひら　豆のはな　♪♪

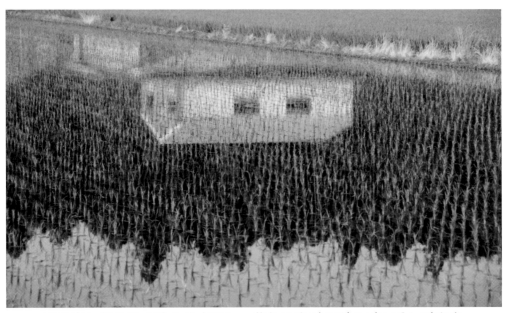

　　　空の青と森の緑の映える水田に、黄色の家がおぼろげに浮かびます。
　　　さながらメルヘンの世界です。

エドワード・ホッパー「ガソリンスタンド」の油彩画は、WebMuseum、Parisよりダウンロードしました。

7月：栗の花

—匂いは強烈ですが、恰幅のよい穏やかなおじさんです—

ふさふさの白い花穂が満開の栗の木。恰幅の良い「おじさん」のような落ち着きと温かみを感じます。

　7月に入り、新型コロナウイルス感染は、とうとう第2波の感染拡大に入ったようです。「ああ、またやって来るのか・・・」と憂鬱な気持ちのまま、どんより曇った梅雨空の下、里山を自転車で走っていますと、どこからとなく生臭い匂いが漂って来ます。お世辞にも快いとは言えない強烈な匂い、これを放つのは、今月の花、栗です。

　栗はブナ科クリ属の植物で、北海道から九州まで広く分布し、高さが 15m 以上の大木にもなる、私たちになじみの深い木です。栗は雌雄同株ですので、雄花と雌花が同じ木に混在します。花は、梅雨時の6月、白く長い穂のようになって咲きますので、花穂と呼ばれます。花穂の満開となった栗の大木を

眺めていますと、不思議な安定感があり、どっしりとした大人の雰囲気があります。ちょうど恰幅の好い「おじさん」のようです。穏やかでやさしく包容力があります。

里山の片隅でひっそり咲く栗の花。どっしりとした存在感があります。

花穂には、雄花だけから成る「雄花穂」と、雄花と雌花のつく「帯雌花穂」
があります。

雄花穂

　花穂の基部まで雄花がぎっしり並び、葯のついた「おしべ」がひしめき合っています。

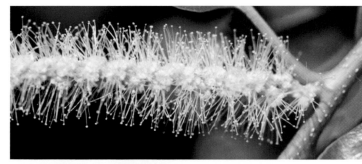

帯雌花穂

　多数並んだ雄花の基部に雌花が1個から数個付きます。雌花が受粉して栗の実になります。

雌花

雄花

　帯雌花穂は、枝の先端の頂芽から2、3芽下の部位より出ますが、それより
下の花穂はすべて雄花穂です。すなわち1本の枝から出る帯雌花穂は1本だ
け、それ以外はすべて雄花穂です。

雄花穂

頂芽

雌花

帯雌花穂

雄花穂

陽の光に輝き風に揺れる栗の花穂。ほとんどは雄花穂です。

　したがって雄花穂の方が帯雌花穂よりも圧倒的に多く、私たちが地上から見るふさふさした穂状の花は、ほとんど雄花穂であり、独特の生臭い匂いを発する源です。

　それでは、雌花からどのようにして栗の実ができるのでしょうか。

　雌花には３個の子房があり、緑色の鱗片で覆われた総苞に包まれています。総苞は後にイガになるところです。子房の先端より伸びた花柱が、総苞の外へ飛び出ています（写真右）。３個の子房のうち受粉した数だけ実が成ります。

花柱

総苞

　少し時間が経って雄花が枯れる頃の帯
雌花穂です（写真右）。雌花の部分を拡
大したのが上の写真ですが、総苞のイガ
の突起が目立って来ました。

　さらに突起は長くなり、ほとんど通常見
かけるイガのようになっていますが、まだ
てっぺんには花柱が残っています。

　栗の花粉は風で運ばれる風媒花と云われますが、それは 70〜80％ほどで、
後は蜂などの虫でも運ばれるそうです。また 栗は自家不結実性と言って、同
じ品種の受粉ではほとんど実を結ばず、近くに異なる品種の栗を植えないと
実が取れないそうです。

すっかり成長した栗の実

　満開の栗の木の下に行くと、強烈な臭いにムッとなります。お世辞にも良い香とは云えませんが、植物の精、生命力のようなものを感じます。

　「草いきれ」という言葉があります。夏の盛り、草の茂みに入っていきますと、草の熱気というか匂いに、同じようにムッとします。これは強い陽射しにより草の葉の表面が熱せられて外気温より高くなり、葉の表面からの蒸散が盛んになるために起こる現象です。ちなみに「いきれ」とは漢字で「熱れ」と書くそうで、「人いきれ」も人が集まっているところで感じる熱気です。高校時代にランボーの詩を習いました。原題は‘Sensation’、フランス語ですからサンサシオンと読むのでしょうか、感動とか感覚とか訳されています。中原中也、堀口大学、金子光晴など多数の詩人が訳していますが、私が習ったのは永井荷風の訳によるもので、タイトルは「そぞろあるき」となります。

そぞろあるき
アルチュウル・ランボウ　　永井荷風訳

蒼（あお）き夏の夜や
麦の香（か）に酔ひ野草（のぐさ）をふみて
小みちを行かば
心はゆめみ、我（わが）足さはやかに
わがあらはなる額（ひたい）、
吹く風に浴（ゆあ）みすべし。

われ語らず、われ思はず、
われただ限りなき愛
魂の底に湧出（わきいず）るを覚ゆべし。
宿なき人の如く
いや遠くわれは歩まん。
恋人と行く如く心うれしく
「自然」と共にわれは歩まん。

（珊瑚集　永井荷風訳　岩波文庫より）

習ったのは高校３年生の時、国語の教科書か副読本に載っていたと思います。授業の終わりに感想文の宿題が出ました。その夜、詩を読み返してみますと、スーッと自然に心の中に入って来ます。私は詩には縁遠かったのですが、この詩は別でした。田舎の高校に学んだ私は、夏の夜は友人と一緒に郊外まで自転車で出掛け、里山の野道をよく歩きました。月明りの夜も、満天の星を仰ぎながらも、闇夜の中を恐る恐る歩いたこともありました。暑かった日中の名残りでしょうか、草叢から草いきれがむんむん漂って来ます。夢中になって友人と話しながら、時には黙々と歩きました。虫の声が聞こえてはスッと消えます。遠くの町では音もなく花火が上がっています。静寂の世界、その経験があったからでしょうか。さらにその頃、受験勉強で毎日鬱屈した気分で過ごしていた自分にとって、「われ語らず、われ思はず」「いや遠くわれは歩まん」「『自然』と共にわれは歩まん」という句に新鮮な驚きを覚えました。魂の解放されるような気がしました。自分の将来には、人間誰もが自由で生き生きとし、心の底から愛し合える、きっとそんな素晴らしい豊かな世界が待っていると夢見るようになりました。

　感想文には具体的にどんなことを書いたか、さっぱり思い出せませんが、とにかく夢中になって書きました。次から次へと浮かんで来る文章や言葉を、そのまま素直に書き続けました。あれほど無心に文章を書いたのは、あの時が初めてで、それ以後もありません。いわゆる「筆が走る」という状態だったのでしょうか。「深い井戸の底を覗き込んだような・・・」という一文を書いたことだけ覚えています。その夜遅くまでかけて仕上げた感想文を翌日提出しました。数日後、国語の時間に、感想文が返却されました。ちょっぴり皮肉屋さんで通っていた男性の先生が、生徒一人ひとりに感想文を手渡しながら講評するのです。いよいよ私の番です。名前を呼ばれて教壇まで進みますと、先生は大きな声でこう言われました。「この感想文は素晴らしい！」私はすっかり嬉しくなりました。一生懸命書いたし、少し自信もあったからです。ところが先生は続けます。「ただし、ほんとうに自分で書いたものならば・・・？」私は唖然としました。「どういうことやろ？」一瞬、頭の中が真っ白になりました。今の若い人なら即座に「自分で書きました」と反論することでしょう。ところが当時ニキビに悩まされていた気弱な少年は何も

言えず、なぜかしら恥ずかしくなって顔が真っ赤になり、うつむいたまま席に戻りました。なぜ恥ずかしくなったのでしょうか。それも今となっては分かりません。席に座ってしばらくしますと「あれだけ一生懸命書いたのに・・・」という思いがこみ上げて来て、自分が哀れで情けなくなり、泣き出しそうになりました。

　今となっては懐かしい、そんな思い出のある詩です。

　一方、中原中也の訳では次のようになります。

感動

中原中也訳

　　　私はゆかう、夏の青き宵は
　　　麦穂臑（すね）刺す小径の上に、小草（をぐさ）を踏みに
　　　夢想家・私は私の足に、爽々（すがすが）しさのつたふを覚え、
　　　吹く風に思ふさま、私の頭をなぶらすだらう！

　　　私は語りも、考へもしまい、だが
　　　果てなき愛は心の裡（うち）に、浮びも来よう
　　　私は往かう、遠く遠くボヘミヤンのやう
　　　天地の間を、女と伴れだつやうに幸福に。

（青空文庫より）

　アルチュール・ランボー（1854-91年）は19世紀のフランスを代表する早熟の天才詩人です。15歳から5年間の短い間に、「酔いどれ船」「地獄の季節」「イリュミナシオン」など従来の詩の概念や伝統を大きく変える革命的な詩集を発表し、シュルレアリズムへの道を切り拓きました。家出と放浪を繰り返した生き方も、若い人達から人気を博し、私たちの学生時代にはランボー気取りの友人もいました。37歳の若さで亡くなりますが、私の知る限り、37歳で没した芸術家はゴッホ、ロートレック、宮沢賢治に続いて4人目になります。

8月：月下美人

―葉から葉も出る、花も咲く、メキシコ娘の真夏の夜の夢―

真夏の深夜、優雅に花咲く月下美人

　今年の夏は、酷暑の上にコロナ禍が重なり、たいへんでした。旅行や外食などの外出自粛により、悶々として家の中で過ごされた方も多かったのではないでしょうか。まさに今までに経験したことのない凄まじい夏でした。

　そんな猛暑の夏の夜に涼しげに咲くのが、今月の花、月下美人です。夜開いて朝萎む、まさに天下の名花です。英語では A Queen of the Night（夜の女王）と云います。メキシコの熱帯雨林を原産地とするサボテン科クジャクサボテン属の常緑多肉植物です。多肉植物とは、肉厚の葉や茎、根に大量の水分を蓄えることで、乾燥地帯でも生育することのできる植物で、サボテンはその代表格です。

月夜に咲く白い花、まさに月下美人です。

我が家には月下美人の鉢が一つありますが、その由来を紹介します。3年前の夏の日の夕方、今まで度々登場したことのある私の草花の師匠である婦人が、「今夜にも花が咲くから！！」と言って、月下美人の蕾が2個ついた枝（葉状茎）を持って来てくれました。ガラスの花瓶に生けて、その夜、必死に撮ったのが下の写真です。見事な月下美人の花です。

見事に咲いた月下美人　　　　　　　ガラスの花瓶の部分の拡大

ところで右の写真、ガラスの花瓶の部分をよくみてください。切り花ですから透明の花瓶の中には葉状茎と木のような茎しか見えません。花後も水を入れ替えていましたところ、徐々に白い根がたくさん伸びて来ました。ちょうどヒヤシンスの水耕栽培のようです（写真を撮っておけば良かったのですが）。1か月ほどしますと花瓶の中は根がいっぱいになりましたので、土の鉢に植え替えました。するとうまくついて、1年、2年と成長し、3年目の今年は右の写真のように大きく育ちました（まもなく開花しそうな蕾が1個ついています）。昨年は1輪、今年は実に6輪もの花が咲きました。以前より「誰々さんのお宅に月下美

人の花が咲いた」などと、新聞の地方版に載った記事を何度か読んだことがありましたので、私にとって月下美人は、花を咲かすのがとても難しく、一生無縁のものと思っていました。それが自分で育てて6輪も咲いたものですから、私には奇跡としか思えません。ちょうど生まれて初めてフルマラソンを走った時のようです。

40歳の頃、日頃の運動不足を解消するためにジョギングを始めました。1日3kmぐらいをマイペースでのんびり走っていたのですが、ある年の初夏、マラソンクラブに所属する友人たちとの呑み会で、酔っ払った勢いで、河口湖マラソンで走ると宣言してしまったらしいのです。翌朝目が覚めた時にはすっかり忘れて

いたのですが、手帳を見ましたら自筆でそう書いてあります。子供の頃から運動神経は人一倍鈍く、小学校の運動会の徒競争でも、いつも6人中6位、たまに5位にでもなれば少し早くなったような気がして秘かに喜んでいた自分が、フルマラソンを走るなんて、とんでもないと思いました。しかし約束した以上、走らねばなりません。とにかくやるだけやってみようと決心し、ジョギングの距離を5kmに増やして毎日走りました。とにかく走りました。週のうち5日は走ったかと思います。そうしたらどうしたことでしょう。その年の12月に開かれた河口湖マラソンで見事完走、タイムは4時間44分、制限の5時間以内に入り新聞に名前が載りました。これは私にとってほんとうに驚きでした。すっかり気を良くした私は、さらに練習を重ねて翌年も挑み、見事4時間30分のタイムで完走しました。この2回の経験は、私にとって大きな自信となりました。「どんな人でも、一生懸命努力すれば、ある程度のことまではできる」ということを教えられました。少し大げさかも知れませんが、私にとって月下美人の花を咲かすことは、その時以来の奇跡のように思えるのです。

さて月下美人に戻ります。月下美人は、木質の茎から肉厚の長い葉のような構造をした葉状茎が出て、そこから若葉や蕾が出ます。

葉状茎とそれより出る若葉

葉状茎から出る蕾は、うす茶色がかった淡い緑色をしていますが、中には真っ赤なものがあります。私はそのような蕾を2個見つけましたが、いずれもほどなく落ちてしまいました。

蕾の成長につれて、枝は初め垂れたまま長くなりますが、徐々に反り返って上向きます。その後再び水平方向に戻り、開花日を迎えます。蕾ができてから開花するまで10日前後です。

8月7日　午前1時1分撮影　　　　午前5時4分撮影　　　　午前7時51分撮影

　上の写真は、月下美人の花が咲いてから萎んでいくまでの経過です。夜の8時頃より開花し始め、深夜に満開となります。明け方3時を過ぎますと花は萎み始め、朝になりますと枝も垂れます。

　したがって月下美人の花の写真を撮るには、夜の8時頃から明朝4時頃までの短い時間しかありません。今年3番目の花が咲いた時、気が付いたのは夜の11時過ぎでした。慌てて家の中へ運んで居間に置きました。とにかく美しく撮ってやろうと意気込んでいました。ちょうど女優さんの写真を撮る写真家のようなものでしょうか。撮影角度、背景、室内灯の明暗などを様々に工夫し、赤や青っぽい懐中電灯の光をいろいろな方向から当てたりなどして、繰り返し撮影しました。何としても美しく撮ってやり

たい、その一心でした。真正面から撮ろうと思いカメラを向けますが、頑固者のメキシコ娘は、うつむいたまま、なかなか顔を上げてくれません。仕方なしに私が床に寝そべったり仰向けになったりして撮影しました。そうこうするうちに、時間はどんどん過ぎて行きます。夜明けが迫っ

ています。私は焦りな
がら夢中にシャッター
を押し続けました。
そして出来上がったの
がこれらの写真です。
苦労した割に出来は良
くなく、お恥ずかしい
ばかりですが・・・。

　空が白ばみ始め、花の萎んだ頃、私は
汗だくになって疲れ果てました。シャワ
ーを浴びてビールを呑みながら、しみじ
み思いました。「やはり月下美人は天下
の名花だ。たった1輪で、これだけ人を
熱中させるのだから・・・」。まさに月
下美人と真っ向から対峙した真夏の夜の
夢でした。

　白色光の懐中電灯で花の内部を覗き込んだものです。たくさん並んだ「おしべ」の黄色い葯がきれいに見えます。放射状に拡がった「めしべ」の柱頭が、蜘蛛の足のような怪しいシルエットを描きます。

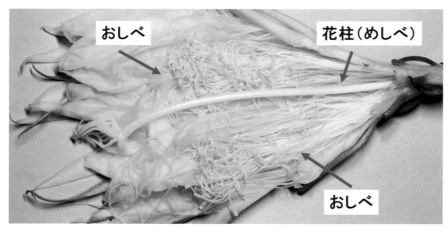

おしべ
花柱（めしべ）
おしべ

花を開きますと、多数の「おしべ」と１本の「めしべ」が見られます。

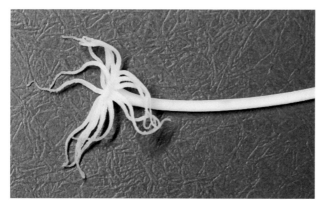

「めしべ」の柱頭と花柱

「真夏の夜の夢」と云えば、メンデルスゾーンですね。シェイクスピアの戯曲「夏の夜の夢」を題材にした組曲で、その冒頭を飾る序曲は、メンデルスゾーンが 17 歳の時に作曲したものです。私たちは中学の音楽で習いましたが、その中に有名な「結婚行進曲」が含まれているのを知って驚きました。フェリックス・メンデルスゾーンは、1809 年ドイツのハンブルクに富裕な銀行家の子息として生まれました。著名な哲学者を祖父に、作曲家を姉に持ち、幼い頃から音楽の英才教育を受けました。12 歳の頃には交響曲を作曲するなど、「早熟の天才」「モーツアルト以来の神童」と称されました。一度見た楽譜や聞いた音楽は、完全に覚えたそうで、こんな逸話があります。引っ越しの時に「真夏の夜の夢」序曲の楽譜を紛失しましたが、記憶をたよりにほぼ完全に復元したそうです。語学にも堪能で、ドイツ語はもとよりラテン語、イタリア語、フランス語、英語を話したそうです。34 歳の時にライプツィヒ音楽院を開校し院長となりますが、1847 年 38 歳の若さで病死しました。

幼少期に天才の名をほしいままにしたメンデルスゾーンですが、生涯を通しての作曲家としての評価は、「独創性がない」「革新性がない」など芳しくないものも少なくないようです。また彼がユダヤ系の出身であることも、あらぬ誹謗や中傷を投げかけられ、ことにナチス時代には全面的に否定されて彼の曲を演奏することも禁じられました。

名器ストラディバリウス

代表作として「真夏の夜の夢」のほかに「ヴァイオリン協奏曲ホ短調」、「交響曲第４番イタリア」、「フィンガルの洞窟」、ピアノ曲「無言歌集」、歌曲「歌の翼に」などがあります。とくに「ヴァイオリン協奏曲」は有名で、これも中学校で習いましたが、その切ない哀調を帯びた主旋律を初めて耳にした時、「胸がキューンと痛くなるというのは、こういうことを言うのか」と思ったものでした。

9月：夏の白ゆり

―夏の終わり、移ろいゆく光の中で・・・―

晩夏の光を受けて清楚に咲く白ゆり

　今年の9月は、曇や雨の日が多かったように思います。しかも中旬まで残暑が厳しく、いつもの年ならば彼岸の中日には必ず咲いている彼岸花も、9月も末になってようやく里山を赤く彩りました。それにもう一つ、今年は台風の上陸がありません。上陸とは台風の中心が北海道、本州、四国、九州の海岸線に達した場合を云い、台風の中心が国内のいずれかの気象官署から300km以内に入った場合を接近と云うそうです。今年は9月末の時点で13個の台風が発生し5個接近しましたが、上陸したものはありません。9月まで台風の上陸がなかったのは2009年以来11年ぶりのことで、その年には10月8日になって初めて台風18号が愛知県知多半島に上陸したそうです。今年の台風14号も、日本に近づくにつれ東寄りのコースをとり、あわや東海や関東地方に上陸かと心配されましたが、南の方へそれて行きました。今年は東海地方への台風の上陸はないかも知れません。

さて８月も半ばを過ぎる頃になりますと、高速道路などの「のり面」に純白のゆりの花が群がって咲いているのをよく見かけます。我が家の狭い庭にも、いつ種が飛んで来たのでしょうか、毎年、白いゆりの花がぽつぽつと咲

くようになりました。そこで今月は、桜、菊などと並んで日本人になじみの深い白ゆりです。ユリには、ヤマユリ（山ゆり）、オニユリ（鬼ゆり）、テッポウユリ（鉄砲ゆり）、カノコユリ、ササユリ（笹ゆり）など、実にたくさんの品種があります。なかでも香りの素晴らしいのは山ゆりです。

こんな思い出があります。父が林業を営んでいましたので、私は４歳頃まで三重県美杉村の小さな山村に住んでいました。ある夏の日、朝寝坊した私は慌てて飛び起き、母を探しました。陽はすっかり高くなり、夏の明るい光が窓から差し込んで廊下にこぼれています。どこからともなく甘い香りが漂っています。戸外の明るさとは対照的に、薄暗い家の中をあちこち探し回りましたが、母はどこにもいません。買物にでも出掛けたのでしょうか、家の中はガランとして、ただほのかに甘い香りが漂っているだけです。心細くなって来ました。普段は余り使っていない来客用の洋間があり、入りますとびっくりしました。強烈な甘い香りで溢れているのです。家中に漂う甘い香りはこの部屋から出ていたのです。その日の朝、母が山から採って来た山ゆりを花瓶に活けていたのでした。初めて経験する何とも言えない甘い香り、子ども心にも驚きでした。夏の日の静かな朝、山ゆりの甘い香りと母のいないことの心もとなさとが混ざり合って、遠い幼い記憶となって残っています。

山ゆりの花

今回の主役は高砂ゆりと新鉄砲ゆりですが、いずれも鉄砲ゆりの仲間です。鉄砲ゆりは、私たちが昔から純白のゆりとして親しんで来たもので、九州から沖縄に自生する在来種です。冠婚葬祭には欠かせませんね。一方、高砂ゆりは台湾を原産とする外来種、新鉄砲ゆりは鉄砲ゆりと高砂ゆりの交配により作られた品種です。三者の違いを下表にまとめました。

	鉄砲ゆり	高砂ゆり	新鉄砲ゆり
	在来種 （九州～沖縄）	外来種 （台湾原産）	交配種 （鉄砲ゆり＋高砂ゆり）
花期	4～6月	8月	8月
葉	幅広く大きい	細く小さい	細く小さい
花弁の外側	白色	赤紫色の線が入る	白色
増殖法	球根	球根＋種	球根＋種

表　白ゆり3種の比較

　まず花の咲く時期ですが、鉄砲ゆりは初夏、高砂ゆりと新鉄砲ゆりはお盆の頃です。葉の形は、鉄砲ゆりでは幅広く大きいのに対し、他の2種では細く小さいのが特徴です。花の形は、いずれも白く細長いラッパ型ですが、高砂ゆりにだけ外側に赤紫色の帯が入ります。鉄砲ゆりは、球根でしか増殖できず花の咲くのに3年かかると云われます。一方、高砂ゆりや新鉄砲ゆりは、球根だけでなく種でも増えますので、もの凄い勢いで増殖し野生化しています。余りにも増え過ぎて生態系を破壊しますので、最近では駆除対象になっているそうです。美しい花なのに、もったいないことです。

高砂ゆり
外面に赤紫の帯が入ります。

新鉄砲ゆり
外面は真っ白です。

　それでは夏の終わり、
移ろいゆく陽の光を惜し
むように咲く白ゆりをご
覧ください。

夏の雲の下、それぞれ何を想っているのでしょうか。

陽の傾きかけた午後、日蔭に咲く白ゆりの花。日向の光景に懐かしいものを
感じます。

何時の間にか我が家の裏庭に咲くようになった新鉄砲ゆりの群。ところどころの花が、陽に透けて白く輝きます。

夕暮時、美しいシルエットを背景に、しゃきっとと咲く新鉄砲ゆり

夏の終わり、緑の光の中で清楚に咲く白ゆり（上：新鉄砲ゆり、下：高砂ゆり）

さて話は白から黒に変わり、黒ゆりの話です。黒ゆりはユリ科の植物ですが、他のゆりのようにユリ属ではなくバイモ属です。バイモの仲間なのですね。北海道に咲くものをエゾクロユリ、本州や北海道の高山に咲くものをミヤマクロユリとも呼びます。

　黒ゆりにまつわる伝説があります。一つは、北海道のアイヌ民族に伝わる話で、好きな人の側に黒ゆりの花をそっと置いて、その人が花を手にすれば二人は結ばれるというものです。この伝説をもとにして、菊田一夫作詞、古関裕而作曲により誕生したのが、「黒ゆりの花」の歌です。

黒ゆりの花

「黒百合は恋の花　愛する人に捧げれば　二人はいつかは結びつく・・・・」

　戦後大ヒットした映画「君の名は」第2部の主題歌として織井茂子が声高らかに歌いました。ラジオドラマにもなりましたが、絶大な人気を博し、放送時間中は銭湯が空になったと云われるほどでした。私たちより一世代前の人たちには、懐かしい思い出でしょう。

　もう一つは富山県に伝わる黒百合伝説で、戦国時代の話です。1583（天正11）年、越中国主となった佐々成政（？〜1588年）は、翌年の1月、徳川家康と会って豊臣秀吉討伐の密談をするために浜松へ向かいます。厳寒の積雪期に、家臣らを引き連れ立山連峰や後立山連峰などの北アルプスを踏破し、大町を経て1か月かけて浜松に到着しました。途中でザラ峠を越えたため「さらさら越え」と呼ばれる大行軍は、冬山集団登山としてわが国の登山史上に残る壮挙であったと云われます。成政には、早百合姫と言う美しい側室がいましたが、浜松から帰りますと、早百合姫が密通し、お腹には成政の子ではない子供を孕んでいるという噂が流れていました。それを聞いた成政は激怒し、早百合姫の黒髪をつかんで引きずり走り、榎の枝に逆さ吊りにして、めった斬りにしたと云われています（図1）。早百合姫は断末魔の苦しみの中で「私は無実です。私の恨みで立山に黒百合が咲いたら佐々家は滅びます」

と呪って息絶えました。やがて立山に黒ゆりが咲き、成政はこの珍しい花を秀吉の正室おね（北政所）に献上しますが、この花がもとでおねと側室、淀との仲がこじれ、成政は切腹させられます。

　佐々成政の伝記に詳しい作家、遠藤和子氏によりますと、これは実話ではなく佐々成政のあと越中領主となった前田家が、評判のよい前領主を暴君に仕立て上げるためにでっち上げた作り話だそうです。成政は民衆思いの名君で、神通川など数々の河川の治水事業を行い民衆から慕われていました。早百合姫を処刑したのも悪い噂が立つと無実であろうとなかろ

図1　佐々成政、早百合姫処刑の図
（絵本太閤記、国立国会図書館
デジタルコレクションより）

うと、処刑しなければならない武家のしきたりに従ったまでのことで、「許してくれ！」と心の中で叫びながら刀を振るったのではないでしょうか。

図2　さらさら越えの3ルート
（2019年10月26日の朝日新聞より）

　「さらさら越え」の話は、昨年の朝日新聞「みちのものがたり」にも特集されました。学会では、富山から松本に至るコースは、図2のように、立山連峰、ザラ峠を越える立山ルートのほかに、飛騨を経て安房峠を越える安房峠ルートと、越後へ入り糸魚川より松本へ下る糸魚川ルートの3説があるそうです。

　「黒ゆりの歌」を作曲した古関裕而は、NHK 朝の連ドラ「エール」の主人公、佐々成政は同じく NHK の大河ドラマ「麒麟がくる」に登場します。
黒ゆりの話から思わぬ NHK の人気ドラマの話になってしまいました。

１０月：柳葉ルイラ草

―もの静かな青紫の花、いつのまにか不思議の世界へ・・・―

秋の穏やかな陽を浴びて静かに佇む柳葉ルイラ草

　この 10 月は、台風の上陸もなく、天気もとくに下旬は秋晴の日が多く、穏やかに経過しました。コロナも小康状態となり、Go To トラベル、Go To イートと、日本中のあちこちで少し活気が戻って来ました。私も下旬には恐る恐る群馬県へ出張しましたが、今年初めての木曽川越えでした。このままコロナが収束して元の生活に戻れば言うことないのですが・・・。

　さて今月の花はヤナギバルイラソウ（柳葉ルイラ草）です。8 月から 10 月頃、あちこちの住宅の庭先で、青紫の花が群れて咲いているのをよく見かけます。その「もの静かな」佇まいから、てっきり日本古来の在来種と思っていましたが、メキシコ原産でアメリカへ移住し、戦後アメリカ軍が沖縄へ持ち込んだものが拡がったそうです。 シソの仲間で、キツネノマゴ科ルイラソウ属の小低木です。ルイラソウ属は世界に約 250 種があり、熱帯から温帯に

広く分布します。柳葉ルイラ草は、葉が柳の葉のように細くて長いのでこの名が付きました。同じ仲間のムラサキルエリアは、花の形状は柳葉ルイラ草

に非常に似ていますが、葉が幅広なので区別がつきます。柳葉ルイラ草の青紫の花は、朝開いて夕方には散ってしまう一日花です。花冠の基部は筒状となっており、上部は開大して5裂の深い切れ込みにより5枚の裂片に分かれます。裂片には和紙のようなしわしわの質感があり、日本情緒を感じさせます。

「おしべ」や「めしべ」は非常に小さく、しかも花の基部奥深くにあるため、しばしば観察が困難です。「めしべ」はヘラのように先端（柱頭）が曲がっています。「おしべ」には円錐形のコーンのような葯がみられます。つぼみは白い苞をかぶりソフトクリームのようです。

先端（柱頭）がヘラのように曲がった「めしべ」、
右の写真は虫がやって来た後で、柱頭には花粉が
付着しています。　　　　　　　　　　　　　　　「おしべ」の葯

　柳葉ルイラ草は、キツネノマゴ科のルイラソウ属の植物ですが、同じキツネノマゴ科には、以前に本稿でも取り上げましたが、キツネノマゴ属のキツネノマゴやコエビソウがあります。これらの花の形と、柳葉ルイラ草の花の形は余りにも異なり、とても同じ仲間とは思えません。分類学上の細かな共通点があるのでしょうが、私たち素人には驚きです。

キツネのマゴ　　　　　　　　　コエビソウ　　　　　　　　　つぼみ

　ところで、上の２枚の写真をご覧ください。同じ柳葉ルイラ草の花を、ほぼ同じ角度で撮影したものですが、左の写真では花の中央部分が突出し、花を外側下方から見上げているように見えます。しかし花を支える萼もないし茎もありません。何とも不思議な像を呈しています。一方右の写真では、中央が窪んだ普通の花に見えます。両者の違いは、左の写真では光が花の背後より当たって背側の花弁（裂片）の基部まで明るく輝き、逆に前方の花弁は影となって暗くなっています。そのため本来は窪んで見える部分が前方へ突出しているように見えるのです。目の錯覚による現象で、これを錯視と呼びます。眼が慣れて来ますと、中央の窪んだ部分に背側から光の当たっている

本来の姿が見えて来ます。たくさん撮影した柳葉ルイラ草の画像を見直していますと、同じような錯視を起こす花の多いことに気が付きました。柳葉ルイラ草の花は錯視を起こしやすいのです。

それでは下の２枚の写真では、如何でしょうか。どのように見えますか？
やはり花の中央部分が突出して見えませんか？　実際の花の図解を下に示
しました。

　錯視とは視覚における錯覚で、目から入って来た視覚情報を脳で処理する
過程で起こります。錯視にはたくさんの種類がありますが、そのうち最も知
られているものを 2 つ示します。一つはミューラー・リヤー錯視、1889 年
ミューラー・リヤーが発表した錯視で、同じ長さの線でも両端の矢印の向き
を反対にしますと、線の長さが異なるように見えます。もう一つのツェルナ
ー錯視は、平行に並べた横線に多数の斜線を入れますと、平行に見えなくな
る錯覚です。

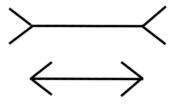

ミューラー・リヤー錯視

ツェルナー錯視

下の線の方が短く見えます　　　　　３本の横線は平行に見えません

　凹凸面の錯視として有名なものにクレーター錯視があります。月面のクレーターの写真をひっくり返したところ、凹んでいたクレーターが凸に見えたことより発見されたそうです。

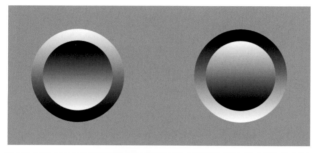

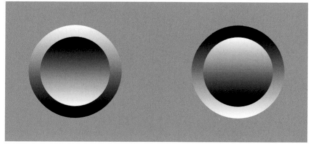

クレーター錯視

　左上の写真で、左側のクレーターは凹んでいますが、右側のクレーターは突出しています。

　それでは、この写真を 180 度回転させてください。どのように見えますか？

　180 度回転したのが左下の写真です。ひっくり返した訳ですから、凹んでいる方が右、出っ張っている方が左に来るはずです。しかし、まったく同じ画像です。これはどうしてでしょうか？

　その理由は次の通りです。クレーターの内部をよくご覧ください。左側では、上方が暗く下方が明るくなっています。一方右側のクレーターでは、上方が明るく下方が暗くなっています。私たちの視覚は、上部が明るく下部が暗い像を見ると出っ張っていると感じ、逆だと凹んで見えるのです。画像を 180 度回転させても、クレーター内部の上下の明暗の関係は回転前と同じになるため、このような現象が起こります。私たちの脳には、長い進化の過程で「光は上から当たるもの」と刷り込まれていて、上方が明るく下方が影となっているものを見れば突出していると感じるのだそうです。柳葉ルイラ草の花も、中心部の上方が明るくて下方が暗いために突出し

て見えるのでしょうか。このように錯視の研究は、私たちの視覚や脳の機能の隠されたメカニズムを解明する上で、きわめて重要なのです。

　絵画は二次元表現ですが、それを三次元に見せるためにも錯視が使われます。その代表的な手法が遠近法で、遠くのものを小さく近くのものを大きく描くことによって画面に奥行を出します。また、いわゆる「だまし絵」は、錯視を起こさせる画像を描くことにより不可思議世界を表現するものですが、それ以外にもいろいろな「だまし絵」があります。

　右の画像は、アメリカ人心理学者ジョセフ・ジャストロー（1863-1944 年）が 1892 年に発表した有名な「だまし絵」です。この絵に描かれている動物は何ですか？アヒルですね。ほとんどの人がアヒルと答えると思います。でももう一匹、動物が隠されているのです。それは何でしょうか？見る方向を変えてよく見ますと、ウサギが見え

て来ます。アヒルがウサギ、どちらの動物が先に見えるかによって、その人の心理状態が異なると云われます。また一方の動物を認識してから、他方の動物を見つけるまでの時間が短いほど、創造性が高いとも云われます。

次の2枚の絵は、奇想天外なものを組み合わせて画像を構成する「寄せ絵」です。

　左の絵は、ルネッサンス期のイタリア人画家　ジュゼッペ・アルチンボルド（1526-93 年）の描いた油彩画で、夏の果物や野菜を組み合わせて人物の顔を表現しています。

ジュゼッペ・アルチンボルド
**　　夏　　ルーブル美術館蔵**
（ルーブル美術館のホームページよりダウンロードしました）

日本で「だまし絵」といえば、まず江戸時代の浮世絵師、歌川国芳（1798-1861年）が挙げられます。右の絵は、様々なポーズの裸体を複雑に組み合わせることにより、男の顔がユーモラスに描かれています。

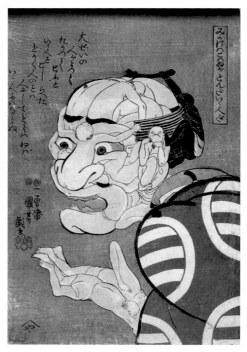

歌川国芳
みかけハこハゐがとんだいゝひとだ
（みかけは恐いが、とんだいい人だ）

１１月：くっつき虫

―とげ玉、まゆ玉、ぬすびと足、晩秋の野に潜むやっかい者―

とげとげ玉のようなコセンダングサの実（果実）

　新型コロナウイルス感染はとうとう第３波の拡大期に入り、日本全国至る
ところにおいて新規感染者数は過去最高を記録し、重症者も増えています。
秋も深まりゆく中、今年の冬はどうなるのか、不穏な日が続いています。

　さて今月は少し趣向を変えて秋の野に潜む厄介者、野草の実「くっつき虫」
です。子供の頃、野原で夢中になって遊んで帰宅しますと、ズボンやシャツ
の腕のところにいっぱい実がくっついていて、洗濯しても落ちないし、指で
１個１個つまんで外すしかなく、母親によく叱られました。「くっつき虫」あ
るいは「ひっつき虫」は、動物に付着して自分の分布を広げる野草の実（果

実）の俗称で、他にも「ばか」「どろぼう」「げじげじ」「毛虫」「ちくちく」「ひっつきもっつき」など、全国各地でいろいろな呼び方があります。「くっつき虫」にはたくさんの種類がありますが、ここでは私の確認できた４種について概説します。

１）アレチヌスビトハギ

アレチヌスビトハギは、マメ科ヌスビトハギ属の植物で北米原産の帰化種ですが、在来種としてヌスビトハギもあります。我が家の近くの野原には圧倒的に前者が多いようです。マメ科の花に共通した蝶形花冠と呼ばれる形の桃色の小さな花を咲かせますが、ヌスビトハギ（盗人萩）とは如何にも気の毒な名前です。由来は、結実するえんどう豆のような莢（さや）が、忍び寄る盗人の足跡に似ているからと云われます。

アレチヌスビトハギの花と莢（さや）の群

莢の形は、ヌスビトハギではくびれが１つで２個の節果に分かれますが、アレチヌスビトハギでは３～６個の節果に分かれ、その違いから両者を識別することができます。

蝶形花冠の形をした桃色の可愛い花です

莢は3〜6個の節果に分かれます　　　莢の表面を埋め尽くす屈曲した小さな毛

２）コセンダングサとアメリカセンダングサ

　センダングサ（キク科センダングサ属）には幾つか種類がありますが、そのうちで私たちが最もよく見かけるのはコセンダングサ、ついでアメリカセンダングサです。いずれも外来種ですが、ここでは両者の違いについて概説します。

　黄色の筒状花の基部にある総苞は、コセンダングサでは小さく目立ちませんが、アメリカセンダングサでは葉のように大きく四方へ開きます。花を支える茎は、コセンダングサでは緑色ですが、アメリカセンダングサでは暗赤紫色をしています。

コセンダングサの花

総苞

アメリカセンダングサの花

センダングサの実（果実）はそう果と呼ばれる部分が集まって成り立っています。コセンダングサのそう果は4稜から成る四角柱のような形で、先端にある2〜4本の冠毛には、逆向きの棘（逆刺）がついています。アメリカセンダングサのそう果は扁平で、先端の2本の冠毛に逆刺がついています。

コセンダングサの果実

アメリカセンダングサの果実

コセンダングサのそう果

アメリカセンダングサのそう果

4）オオオナモミ

　キク科オナモミ属の外来種で、1929年岡山で初めて発見されたそうですが、現在では全国で広くみられるようになり、ひっつき虫の代表格と言えます。まゆ型の果実には、先の曲がった棘がたくさんついていて衣服や動物の毛などにからまり付きます。

葉は5角形の面白い形をしています。　　まゆ型の果実がたくさん実ります。

果実の表面に立ち並ぶ先端の屈曲した多数の棘

話は変わりますが、ひと月ほど前、話題の映画「浅田家」（監督：中野量太、出演：二宮和也、平田満、風吹ジュン、妻夫木聡ほか）を観て来ました。津市出身の写真家浅田政志氏とその家族（両親と兄）による家族写真をテーマにした映画です。映画の前半は、家族4人で演じるコスプレ写真がテーマです。政志少年が父から譲り受けたカメラで写真を撮り始め、そのうち家族4人で様々な職業人に仮装してコスプレ写真を撮ります。例えば父がほんとうはなりたかった消防士、兄の憧れだったカーレーサー、空き巣に入ろうとする泥棒一家、やくざの親分と子分、選挙カーに乗って叫ぶ代議士と運動員など、いろいろな職業を4人が役割分担してコミカルな写真を撮ります。一家4人が真剣に演じている、こんな家族はあまりないでしょう。そんな面白可笑しい写真をまとめた写真集「浅田家」が、木村伊兵衛写真賞を受賞します。

　後半は、東日本大震災における家族写真がテーマです。家族写真家として知られるようになった政志氏は、全国各地から家族写真の撮影を依頼されるようになります。そんな折、東日本大震災が起こり多くの人命が失われ、家屋などが流失しました。かつて家族写真を撮ったことのある一家の安否を確かめるために、被災地へ赴きボランティア活動を始めます。そこでの仕事は、津波により流された所有者不明のアルバムから写真を取り出し、泥汚れをきれいに洗い流して壁に並べ、探しに来た所有者に返還するというものでした。そこにはたくさんの家族写真があります。全員が無事だった家族の場合、自分たちの写真が戻ってきたことに歓喜します。津波で行方不明となった家族の写真を発見して泣き崩れる被災者もいます。それら人々の悲喜こもごもの姿がやさしく描かれます。家族写真を通じて、家族の愛や絆の大切さを改めて考えさせられます。映画は、この10月、第36回国際ワルシャワ映画祭で、日本映画として初めて最優秀アジア映画賞に輝きました。

　私は4、5歳の頃から、妻は生まれた時から津市に住んでいます。映画の出演者たちの言葉は、津育ちの私たちが聞いても何の違和感もないほど完璧な伊勢弁（津弁）でした。映画をプロデュースした鈴鹿市出身の小川真司氏が、徹底的に方言指導をされたそうですが、それは見事でした。カッコイイ二宮君や、私たちの若い頃アイドルであった風吹さんが、私たちと一緒の言葉をしゃべっている、それが不思議でした。

　また映画では、私たちが子供の頃よく遊んだ懐かしい場所が次々に登場します。津のヨットハーバーの南側に拡がる阿漕浦は遠浅の砂浜で、夏にはよ

く海水浴に出掛け、沖へ突出する突堤で魚釣りをしたものでした。

国宝高田本山専修寺（せんじゅじ）は、私はその附属中学校へ通っていましたので、境内でよく遊びました。

津新町駅は、高校時代電車通学していた妻が毎日乗降していた駅です。いずれも懐かしい静かでのんびりした地方都市の景観です。

阿漕浦の突堤の先端に建つ赤い灯台

ところで阿漕浦には、江戸時代から伝わる平治伝説があります。

江戸の昔、阿漕浦に平治という貧しいけれど親孝行な漁師が住んでいました。病に臥せっている母親に、阿漕の海で獲れるヤガラという魚を食べさせると良いという話を聞きます。しかし当時阿漕浦は、神宮御用達の禁漁区であり漁は禁じられていました。それでも何とかして母親にヤガラを食べさせてやりたいと思った平治は、毎晩夜陰に乗じてヤガラを密漁し、母親に食べさせます。母親は日増しによくなって来ましたが、ある晩、浜に「平治」の名前の入った菅笠を忘れてしまいます。それを見つけられた平治は、簀巻きにされて阿漕浦沖に沈められました。やがて母親も死にますが、平治の恨みからでしょうか、沖でヤガラを獲るために網を引く音がいつまでも聞こえます。そこで平治の霊を慰め孝行心を讃えるために天明年間に阿漕塚が建てられ、今でも近所の人たちの参拝が絶えないそうです。

津の銘菓、平治煎餅は、平治の忘れ笠をかたどったお菓子です。1913（大正2）年創業で、私たちにとっては子供の頃より慣れ親しんで来た、さっぱりした甘さの煎餅です。平治煎餅と云えば、私には懐かしい思い出があります。中学校の頃、熱烈な吉永小百合ファンでした。ある時、思い立って小百合さんにファンレターを出すことにしました。平治煎餅と一緒に小包にしてです。昔の小包は、厚紙で包んで

平治煎餅

73

麻ひもで結び、表に宛名を書いて郵便局の窓口へ出しました。そうしたら係りのおじさん（私は記念切手が発売される度に買いに行っていましたので、恐らくおじさんも私の顔を覚えていたと思います）が、宛名に吉永小百合とあるのを見て、何も言わず私の顔をまじまじと眺めます。その時の恥ずかしかったこと、今でもおじさんの眼鏡越しの上目遣いの眼差しをはっきり覚えています。しばらくしますと、小百合さんからお返しにサイン入りブロマイド３枚が送られて来ました。宝物としてずっと大切に保管していましたが、残念ながらいつのまにか紛失してしまいました。のどかな時代の、今となれば微笑ましい、自分の勇気を褒めてやりたい思い出です。

　今回はローカルで個人的な話となってしまいました。

　くれぐれもコロナにはお気を付けください。

１２月：モミジバフウ（紅葉葉楓）

—楓を「かえで」と読むのは、いにしえ人の「おおまかな」心—

紅や黄が美しく入り混じったモミジバフウの紅葉

　いよいよ今年も残りわずかとなりました。ほんとうに何から何までコロナ一辺倒の一年でした。私たち医療界におきましても、ただただコロナへの対応に追われるだけで他には何もできませんでした。終わってみればコロナしか残っていない、こんな年は今までにあったでしょうか。日本国民の、いや世界中の誰もがたいへんな一年でした。

　さて大晦日の朝は雪景色となりました。今月の中旬には、北日本から西日本の日本海側に大寒波が到来し、関越自動車道では大雪により 2,000 台以上の車が 2 日から 3 日間も立ち往生するという災害が発生しました。年末年始にはそれ以上の寒波がやって来るとの予報でしたが、見事に的中しました。

例年、三重県では、桑名、四日市、鈴鹿などの北勢地方では年末から1、2月頃に降雪を見ることが多いのに対し、津、松阪、伊勢市などの中南勢地方では3月頃に雪の降ることが多いのです。したがって津で大晦日に雪を見るのは何年ぶりのことでしょう。戸外の雪景色を眺めながら紅葉の話とはいささか時季外れですが、今月は晩秋を紅く彩るモミジバフウ（紅葉葉楓）です。

モミジバフウは、イチョウ、ユリノキ、ハナミズキなどと並んで紅葉の美しい街路樹として人気があり、私の街にも公園や街路に沿って多数植えられています。モミジとありますので、モミジの仲間、すなわちカエデ（楓）科の植物かと思いますが、カエデ科ではなくフウ（楓）科（旧マンサク科）フウ属の仲間です（右表）。

日本でよく見掛けるフウ属の街路樹には、タイワンフウとモミジバフウとがあり、タイワンフウは台湾や中国、ベトナムが原産ですが、モミジバフウは、北米、南米を原産としますのでアメリカフウとも呼ばれます。

	読み方	分類	代表的樹木
楓	フウ	フウ科フウ属	フウ タイワンフウ モミジバフウ
	かえで	ムクロジ科カエデ属	イロハモミジ ヤマモミジ サトウカエデ

表　フウ属とカエデ属の樹木

紅葉真っ盛りのモミジバフウ並木

モミジバフウは、葉の形が5つから7つに切れていて、日本のモミジの形に似ているために、この名が付きました。一方日本のモミジ（紅葉）ですが、私たちは、イロハモミジやヤマモミジなど葉が5つに分かれて紅葉する植物を総称してモミジと呼び、それ以外のものをカエデと呼んで区別しています。しかし植物学上モミジと云う学名はないそうで、すべてムクロジ科（旧カエデ科）カエデ属の植物です。カナダの国旗に描かれシロップとして有名なメープル（サトウカエデ）も同じ仲間です。

モミジバフウの葉（切れ込み5）

モミジバフウの葉（切れ込み7）

タイワンフウの葉

サトウカエデの葉

モミジバフウの実

表面の突起が特徴です。

枯葉の季節になると
実は黒くなります。
冬芽も出ています
（画面左上）。

晩秋の陽を受けてモミジバフウの紅葉が穏やかな光と影を作ります。

赤に黄に緑が入り混じり、装飾画のようなモミジバフウの紅葉

モミジバフウの紅葉と黄葉

日本の紅葉（イロハモミジ）。少し趣が異なります。

さて「楓」という漢字、音読みでは「フウ」と読んでフウ属の植物を指しますが、訓読みは「かえで」でカエデ属の異なった植物となります。通常、漢字は音読みと訓読みで発音は違っても意味は同じなのですが、どうして違ったものになったのでしょうか。

　漢字は言うまでもなく中国で作られた文字で、それが日本に伝わり中国での発音に準じて音読みが行われるようになりました。音読みは、伝わった年代により呉音、漢音、唐音などに分かれます。また日本で造られた漢字（文字）もあり、これを国字と云います。いわば和製漢字というべきもので、例えば漢字の山と上下を組み合わせて峠（とうげ）と読ませるように、漢字や漢字の「へん」や「つくり」を組み合わせて意味を持たせるようにした文字のことです。他に凩（こがらし）や凪（なぎ）など、国字にはよく使われるもので150種ほどあるそうです。そこで楓と云う字、木へんに風ですから如何にも国字のようにも見えますが、れっきとした漢字で中国の樹木「フウ」を指し、音読みは呉音ではフウ、漢音ではホウと発音します。

　一方の訓読みは、漢字にその意味に相当する大和言葉（和語）を当てはめた読み方ですので、音読みと訓読みで発音が違っても意味は同じになります。ところが漢字の訓読みが、その漢字の持つ意味とずれていたり、まったく異なったりする場合があり、これを国訓と云います。数多ある国訓を拾い集め体系化した中国学者、高橋忠彦氏[1]によりますと、楓という漢字を「かえで」と読むのは国訓で、その体系の中では、「漢字の字義にある程度近い日本語を、**おおまかに対応させたもの**」に分類されるそうです。一説には、古代律令時代、当時の知識人たちが中国の文献で「楓」という漢字を見つけた時、美しいカエデの葉を意味していると間違って（**おおまかに**）解釈し、「かえで」と読まれるようになったと云われます（「感じて、漢字の世界」【漢字トリビア】「楓」の成り立ち物語　Tokyo FM 2017年2月17日放送）。この「**おおまかに**」というところがポイントで、例えば嵐という漢字は、元来「山のもや」の意味ですが、訓は「あらし」と読んで暴風雨となり、まったく異なった意味になります。古代の人たちが楓（フウ）という漢字を「かえで」と誤解して読んだために、音訓で意味が異なるようになった訳で、云えば訓読みの例外を作ったことになるのでしょうか。しかし仮に国訓が（誤解による）例外から始まったとしても、現在たくさんの数が存在するということは、それぞれの国訓の読み方が長い時間をかけて定着し、新たな言語の体系が形成され

たということになります。私たちの社会には、言語に限らず例外から始まったものも多いように思われます。

モミジバフウの紅葉の光と影

　紅葉の美しい様をたとえて錦繍と云いますが、現代を代表する作家、宮本輝氏の名作に「錦繍」があります。昔読んで深く感動したのですが、内容をすっかり忘れていましたので、この正月に読み直しました。

　若くして離婚した夫婦、靖明と亜紀は、10年後偶然蔵王のゴンドラ・リフトの中で再開し、その後お互い手紙を交わして、それぞれの離婚に至るまでの経緯や離婚後の生活、心情を綴るもので、書簡体小説の傑作です。今回読み直してみて、さすが宮本文学、簡潔な文章で淡々と綴られる物語は、流れるように進行し、時に思いがけない方向へ展開します。そのため読者はどんどん小説に引きこまれ、一度読み出したら止められなくなってしまいます。

　宮本氏は、1947（昭和22）年、神戸市に生れ、広告代理店勤務などを経て文筆活動に専念し、1977年「泥の河」で太宰治賞、翌年「螢川」で芥川賞を受賞します。その後も精力的に執筆活動を続け、「流転の海」「優駿」（吉川英治文学賞）「約束の冬」（芸術選奨文部科学大臣賞）「骸骨ビルの庭」（司馬遼太郎賞）など数多の名作を世に送り出しています。私は30代の頃に夢中にな

って氏の小説を読みました。特に初期の作品、「泥の河」「螢川」「道頓堀川」の三部作をはじめ「青が散る」などの青春文学、さらに「錦繡」「夢見通りの人々」「優駿」「花の降る午後」などが好きでした。そこには簡潔な文章で、青春あるいは人生の挫折と希望、人間の生と死、人間の業と宿命が淡々と綴られています。その飾り気のない、気取らない文学の虜になっていました。

　さて、もう一度「錦繡」に戻ります。夫の靖明は、亜紀の父が社長を務める建設会社の跡取りとなることを約束されていましたが、中学時代の同級生との不倫が発覚し離婚に追い込まれます。一人になった靖明はいろいろな事業に手を出しますが、ことごとく失敗し借金のために逃亡生活を続け心も荒んでいきます。でも最後には、同棲する女性と一緒に小さな事業を始め、もう一度やり直そうと動き出します。一方の亜紀は父親に勧められて再婚しますが、障害を持つ子供が生まれ、しかも新しい夫をどうしても愛することができず苦悩します。でも最後には再度離婚を選び、少しずつ成長を続ける我が子を見て、立派に育て上げようと決意します。二人とも与えられた宿命に苦しみながらも、最後には一縷の希望を抱いて生きて行こうとします。暗いまま終わる小説は、読み終わって辛いものがありますが、結末に希望の火が灯る、いわゆる出口ありの小説は、読後に人間愛を感じ心温かくなります。宮本文学の得意とするところで、そこに私たちはやさしさを感じます。亜紀の言葉を引用して終わります。
「生きていることと、死んでいることとは、もしかしたら同じことかもしれへん。そんな大きな不思議なものをモーツアルトの優しい音楽が表現してるような気がしましたの」

文献
1）高橋忠彦：国訓の構造：漢字の日本語用法について（上）. 東京学芸大学紀要　第2部門、人文科学　51：313-325, 2000.

令和3年

(2021年)

1月：日本水仙

―遠い国から　波に揺られてやって来た　水辺の妖精―
冬の陽を浴びてやわらかに咲く水辺の水仙

　新しい年を迎えても、新型コロナの感染拡大第3波は収まらず、落ち着かない日が続いています。そんな中、冬の里山には暖かな陽ざしを浴びて咲き揃う可愛い花が微笑んでいます。日本水仙です。白い花弁と中央の黄色い副花冠のアンサンブルが美しい可憐な花、真冬の寒さをものともせず、日本全国のあちこちの水辺や、道端、野原、公園などでけなげに咲いています。てっきり日本で生まれた花かと思っていましたが、実は地中海原産で中国を経て日本に伝わったそうです。中国では、水辺に咲く仙人のように美しい花という意味で水仙になったということですが、私には仙人よりも妖精のように見えます。ヒガンバナ科スイセン属ということですからヒガンバナの仲間ですが、ヒガンバナでは花は秋、葉は冬から春と別々ですが、水仙では冬一緒にみられます。

右の写真は、よく見掛
ける一重咲きの水仙で
す。白い花びらが6枚あ
りますが、外側の3枚は
萼、内側の3枚は花弁
で、合わせて花被片と云
います。中央の黄色い盃
状の部分は副花冠と呼
ばれ、中に「おしべ」の
葯のようなものが3個、

さらにその真ん中に「めしべ」らしきものがみ
られます。どの花をみても「おしべ」らしきも
のは3本しか見えません。成書には水仙の「お
しべ」は6本となっていますが、後の3本はど
こにあるのでしょうか？

花の中央部分を拡大します（写真左下）と、
柱頭が3つに分裂した「めしべ」と、それを取
り囲む3本の「おしべ」の葯（A）が見えます。
よく見ますと奥の方にも「おしべ」の葯のよう
なものが見えます（B）。右下の写真は、花の中

一重咲きの日本水仙

央部の断面像ですが、「おしべ」には上方へ突出して花の表面に顔を出すもの
（A）と下方に隠れるもの（B）が、それぞれ3本ずつあることが示されます。

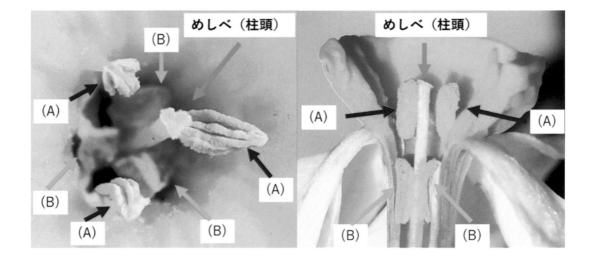

一方、八重咲の水仙もあります。下の写真のように「おしべ」も「めしべ」もなく、多数の白と小ぶりの黄色の花びらから構成されています。一番外側の６枚の花被片を除き他の花びらは、「おしべ」が花弁に変化したもので「花弁化おしべ」と呼ばれます。

八重咲き水仙

水辺でやわらかに咲く八重の水仙

八重咲の水仙はもとより、あれだけ立派な「めしべ」や「おしべ」を持っている一重咲きの水仙も種を付けません。その理由は染色体数が三倍体だからで、牧野富太郎博士も「植物知識」の中で「水仙の花はむだに咲いているから、もったいないことである」と記しています。他にも三倍体の植物には、ヒガンバナ、シャガ、オニユリ、ヤブカンゾウなどがあります。外国から日本へ渡来して野生化した植物のことを帰化植物と云いますが、多くは渡来時期が江戸時代以降などと新しく、その経緯もある程度分かっているものを指します。しかし水仙のように渡来時期が古くてよく分からないものを史前帰化植物と云うそうで、前述のヒガンバナなどの三倍体植物はいずれもこの分類に入るそうです。種のできない水仙、ではどのようにして増えるのでしょうか？それは球根が分裂する分球によります。分球により同じ遺伝子を持つ球根が次々と作られ、拡がっていきますので、親とは寸分違わないクローンが遠隔地でもみられるようになります。ということは、古代、地中海沿岸地方で咲いていた、そのままの水仙が、今、日本中の至るところでみられるということになります。何とも嬉しい壮大な話ではありませんか（水仙に関する植物学的な記述は、主に越前水仙｜越前町　織田文化歴史館 (town.echizen.fukui.jp)を参考にしました）。

冬のあたたかな陽射しに、きょとんと咲く川辺の水仙。川面には冬の雲が映ります。

燃える「ちがや」の紅葉を背景に咲く水仙

一人ぽつねんと寂しそうです。

遠い昔の記憶が蘇りそうです。

中国から伝わったとされる水仙、ではいつ頃、どのようにして伝わったのでしょうか。古文書には、平安時代末期から鎌倉時代にかけて登場することから、遅くともその頃までには渡来していたそうです。遣唐使が薬草として持ち帰ったとか、室町時代に禅僧が持ち込んだという説もありますが、球根が海流に乗って流れ着いたという説もあります。これは日本の水仙の三大自生地が、福井県越前海岸、兵庫県淡路島、千葉県房総半島などにあるように、水仙が海岸地帯に多く生育することが根拠となっています。地中海沿岸地域で誕生した水仙、その球根が中国へ伝わり、さらに波に揺られて日本の海岸に漂着する、何ともロマンあふれる話です。

　今でも広く歌われる歌曲「椰子の実」は、1901（明治34）年「落梅集」に発表された島崎藤村の詩に、35年ほど後の1936（昭和11）年に大中寅二により曲がつけられました。

椰子の実

島崎藤村作詞　大中寅二作曲

1　名も知らぬ　遠き島より
　　流れ寄る　椰子の実一つ
　　故郷の岸を　離れて
　　汝（なれ）はそも　波に幾月（いくつき）

2　旧（もと）の木は　生いや茂れる
　　枝はなお　影をやなせる
　　われもまた　渚（なぎさ）を枕
　　孤身（ひとりみ）の　浮寝（うきね）の旅ぞ

（3番略）

伊良湖崎

実はこの詩は、日本民俗学の父、柳田國男が東京帝国大学の学生だった頃、愛知県の伊良湖岬（いらごみさき）に旅をした時の体験を、友人の島崎藤村に話したことにより誕生したものです。柳田は、晩年近くに著わした「海上の道」で次のように回想しています。

　途方もなく古い話だが、私は明治三十年の夏、まだ大学の二年生の休みに、三河の伊良湖崎突端に一月余り遊んでいて、このいわゆるあゆの風の経験をしたことがある。

（中略）

　今でも明らかに記憶するのは、この小山の裾を東へまわって、東おもての小松原の外に、舟の出入りにはあまり使われない四、五町ほどの砂浜が、東やや南に面して開けていたが、そこには風のやや強かった次の朝などに椰子の実の流れ寄っていたのを、三度まで見たことがある。一度は割れて真白な果肉の露われ居るもの、他の二つは皮に包まれたもので、どの辺の沖の小島から海に泛（うか）んだものかは今でも判らぬが、ともかくも遥かな波路を越えて、まだ新らしい姿でこんな浜辺まで、渡ってきていることが私には大きな驚きであった。

　この話を東京に還ってきて、島崎藤村君にしたことが私にはよい記念である。今でも多くの若い人たちに愛誦せられている「椰子の実」の歌というのは、多分は同じ年のうちの製作であり、あれを貰いましたよと、自分でも言われたことがある。

（柳田國男著　海上の道　青空文庫より引用）

　柳田は「日本民族は南方から黒潮に乗って渡来した」という説を提唱しますが、それには若い時の伊良湖で体験がもとになっていると云われます。

一方、南の国へ帰る燕（つばめ）を歌った童謡もあります。

木の葉のお船
野口雨情作詞　中山晋平作曲

1　帰る燕は　木の葉のお船ネ
　　波にゆられりや　お船はゆれるネ
　　サ　ゆれるネ
2　船がゆれれば　燕もゆれるネ
　　燕帰るにや　お国は遠いネ
　　サ　遠いネ
3　遠いお国へ　帆のないお船ネ
　　波にゆられて　燕は帰るネ
　　サ　帰るネ

1924年4月号「木の葉のお船」詩／野口雨情　絵／岡本帰一

「コドモノクニ」（1924（大正13）年4月1日発行）に掲載された木の葉の船の歌詞と
挿絵。大阪国際児童文学館蔵。池田小百合なっとく童謡・唱歌（2009/07/05）より。

南の国から海流に乗ってやってくる、あるいは南の方へ帰って行く・・・
と聞くと、私たち日本人の心が騒ぐのは、祖先が南の国からやって来たから
でしょうか。

うみ

林 柳波作詞　　井上武士作曲

1　うみはひろいな　大きいな
　　月がのぼるし　日がしずむ
2　うみは大なみ　あおいなみ
　　ゆれてどこまでつづくやら
3　うみにおふねをうかばして
　　いってみたいな　よそのくに

　　誰もが歌った文部省歌、私は3番の詞が好きでした。「うみにおふねをうかばして」と幼児言葉になっていますが、これには理由があり、童謡・唱歌に造詣の深い池田小百合氏によれば、次のようになっています

　　この歌が作られたのは昭和16年、太平洋戦争に突入した年です。何もかも軍事教育で、省歌にも国威発揚の言葉を強要されるなど教科書の検定も厳しくなりました。この歌は小学校1年生を対象に作られましたが、詞には軍艦などの勇ましい言葉はなく、穏やかな海と外国へ憧れる子供心が詠われています。作詞の林柳波は、厳しい検定を通過するために、わざと幼児言葉を使って幼子向け童謡のイメージを強調したのです。戦後になっても林や作曲の井上らは頑として改めませんでしたが、彼らの死後、昭和55年に「うかばせて」と改定されたそうです（池田小百合なっとく童謡・唱歌（2010/09/06））。

　　昔は今のように気軽に飛行機で外国へ行くことはできませんでした。船に乗って出かけるしかなかったのです。沖に浮かぶ船を見て、「いってみたいなよそのくに」と思うのは、子供だけでなく大人も同じだったのです。

　　私は学生時代、海外留学に憧れました。卒業したら外国の病院で働きたいとそればかり夢見ていました。そのための勉強もしました。医師になって8年、念願が叶いました。アメリカの大学病院へ留学することになったのです。憧れのアメリカで暮してみて驚くことばかりでした。世界中のいろいろな国から人々がやって来て、多種多様な人生観や価値観を持って生きている、

競争は厳しいけれど生き生きと暮らしているのです。それまで狭い日本の中で、傍目ばかりを気にしながら生きて来た自分は何だったのだろうと思いました。最初の1年は、アメリカのスケールの大きさ、多様さ、発想の自由さに圧倒され続けました。しかし1年を過ぎた頃からでしょうか、今まで地球儀上で遠く離れた小さな島国にしか見えなかった日本が、何か光輝くようになって来ました。豊かな自然、心やさしく、協調性を重んじる人々、外国で住んでみて初めて、日本や日本人の良さが見えてきたのです。日本再認識とでも云うのでしょうか、そんな思いを強くして2年後帰国しました。今でも、私は学生や若い医師にこう話します。「どんな国でも、どんな仕事でもよいから外国に住みなさい。そうすれが、私たちのこの日本が見えて来ます。旅行では分かりません。住まなければ・・・」

　コロナが明けたら、若い人たちは再び世界に向けて大いに羽ばたいてください。私たち高齢者は、さてどうしましょうか？

2月：なずな（ぺんぺん草）

―早春の野を彩る　名も無い花たち　その一瞬の輝き―

満開の白い「なずな」と根元を飾る桃色の「ほとけのざ」。遠くの野も春めいて来ました。

　この2月から3月にかけてワクチン接種の開始や変異型ウイルスの日本への侵入により、コロナを取り巻く状況は大きく変わりしました。猛威を奮った第3波も全国的に鎮静化しましたが、いつ再拡大が起こるか、不安定な状態が続いています。

　さて今月の花は、ナズナ（なずな）です。アブラナ科ナズナ属の野草「なずな」は、春先日本全国の野原や道端など、どこでもみられます。春の七草のひとつで、子供の頃、「せり、なずな、おぎょう、はこべら、ほとけのざ、すずな、すずしろ、これぞ七草！」と覚えました。食用にもなり、薬草としても古くから利用されて来ました。「なずな」は長くて硬そうな茎の先端に小さな白い花が集まって咲き、茎からは小さな三角形の「うちわ」のようなものを先端に付けた長い柄が四方八方に拡がります。私にとって「なずな」のイメージは、何となく乾燥した硬いもので、野菜のようなみずみずしさはな

すずしろ

なずな

すずな

はこべら

おぎょう せり ほとけのざ

春の七草

く、いったいどこを食べるのかと思っていました。下右の写真は、まだ茎が
出たばかりの若い「なずな」ですが、根元にはギザギザの葉が地面を這うよ

うに四方に拡がってい
ます。これが冬を越して
来たロゼットと呼ばれ
る根生葉で、この部分と
若い芽を食べるそうで、
それなら納得できます。
葉も美味しいのですが、
根はさらに美味しく良
い出汁も出るそうで、江
戸時代初期までは野菜
として畑で大切に栽培
されていたそうです。昔
の人たちにとっては冬

茎の上の方の葉は茎を抱き、
切れ込みがありません。

茎の基部にある根生葉には、
鋭い切れ込みがあり、地面を
這うように四方に拡がります。

場の貴重な野菜であり、感謝を込めて撫でたくなる「撫で菜」が転じて「な
ずな」になったとか、あるいは早春に咲いて夏には枯れて無くなるため「夏
無き菜」が「夏無」「なずな」に変化したとも云われます。それほどまで生活
には欠かせない大切な野菜であった「なずな」ですが、現在では畑から追い
出され、畔や野原に蔓延る雑草として刈り取られてしまいます。時代の変遷

とは云え、何とも気の毒な話です。

　「なずな」は、茎の先端部に径3～4mm大の小さな花が集まって咲きます。白い花弁が4枚、萼片も4枚、アブラナ科の特徴である十字形となっていて、中に6本の「おしべ」と1本の「めしべ」があります。「なずな」の花を上から見ますと、外側の花から順に開いて果実を成長させていきます。中心部は未だ蕾です。

花が開き「おしべ」と「めしべ」が見えますが、どれがどれか見分けは困難です。真ん中にあるのが「めしべ」でしょうか。

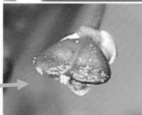

ハート型の果実が剥き出しになっています。

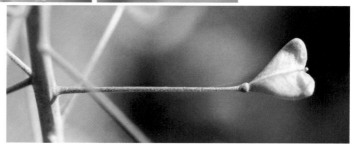

「なずな」の果実は三味線のバチのような形をしていますのでぺんぺん草とも三味線草とも云われます。

子供の頃、果実の柄を下へ引っ張って垂らし、茎を回しては「でんでん太鼓」のようにして遊びました。

でんでん太鼓

若い「なずな」。背景の樹の緑に鮮やかに映えます。

白いお墓に、なぜかしら、しっくり馴染みます。

のっぽの「なずな」に寄り添う「ほとけのざ」

　白い「なずな」の花の根元には、ピンクの花「ほとけのざ」がよく咲いています。この二つの花が一緒に群になって咲いているのを、野原や道端のあちこちで見かけます。よほど相性が良いのでしょう。私は最近 YouTube の動画で、異種の動物同士の愛情物語をよく見ます。例えば、母親を亡くしたライオンの赤ちゃんが、犬のお母さんに育てられますと、ずっと親子になります。ライオンが生長してお母さんよりも体が大きくなっても、ライオンの

オオイヌノフグリ

子供はお母さんに甘えて仲睦まじく暮らします。他にも猫と犬、熊と虎など、驚くような組み合わせがあります。動物では、たとえ種が違っても子どもの頃に一緒に暮らしますと、一生家族になるそうです。野原や道端のあちこちで、背の高い白い「なずな」の根元で、寄り添うように咲く「ほとけのざ」を見ていますと、そんな動物物語を思い浮かべ、微笑ましくなります。

　２月、陽の光は明るさを増してもまだ寒い頃、真っ先に咲き出すのも、この「なずな」と「ほとけのざ」、そしてもう一つ「オオイヌノフグ

第1回印象派展が開かれてから30数年後、オーストリアの画家グスタフ・クリムト（1862-1918年）により「ひなげしの野」が描かれました。日本の俵屋宗達や尾形光琳などの琳派や浮世絵の影響を強く受け、平面的な構図に金箔などを用いた装飾的な画法で、女性美と官能美を華麗に描き続けた画家に、こんな風景画があるとは知りませんでした。緑の濃淡の背景に赤と黄色の大小の点が無数に散りばめられ、平面的な構図でありながら不思議な奥行を感じます。ウイーン分離派を結成して古典的絵画からの脱却を目指したクリムトは、フランスの印象派画家たちとは異なった画法でそれを実現したのです。

クリムト　ひなげしの野　1907年　ベルヴェデーレ宮殿オーストリアギャラリー蔵

　誰もが心に留めておきたい夏の日の野の光景、モネら印象派の画家たちは見えるままに、クリムトは装飾的に描き、そのまま残りました。

（掲載しました絵画は、それぞれ所有する美術館のホームページよりダウンロードしました。）

3月：土筆

―つくづくし遠い昔の人のよう―

にょきにょき伸びる土筆の群、菜の花の黄色のかなたには蒼い山が霞みます。

　3月に入り新型コロナウイルス感染は小康状態となりましたが、月末頃より再び増加に転じ第4波の感染拡大が始まろうとしています。「またか！」と里山には重苦しい溜息が流れますが、それを愉快にほぐすのが土筆です。陽射しに春の明るさが増し始める頃、野原や田圃の畔で土筆を見つけますと、片っ端から摘んではレジ袋いっぱいにして家へ持って帰ります。少し面倒な「はかま」取りも済ませてさっと水洗いし、油を引いたフライパンで醤油味に炒めます。まさに旬の贈り物、若い土筆の房（頭）のほろ苦さがたまりません。最高のビールのつまみです。でも今年は違いました。土筆の写真を撮った後、また撮りに来るからとそのままにしておき、数日後に再度訪れますと、誰かが摘んでいった後だったり、いつの間にか枯れてしまっていたりして、とうとう採る機会を失ってしまいました。「旬のものを食べると75日長生きする」と言われますが、残念なことをしました。

土筆の側には杉の葉に似たスギナがよく生えています。「土筆　誰の子　スギナの子・・・」と歌われるように、私は土筆が出て枯れた後、同じ場所にスギナが生えて来るものと思っていました。ちょうど乳歯と永久歯が入れ替わるようにです。ところが実際は、スギナと土筆は別々の所から出ていて、それぞれの根は地下茎で結ばれています。

土筆の周りに群れるスギナ

スギナは葉緑素を持っていて光合成により栄養分を作りますので栄養茎と呼ばれ、生成された栄養分は地下茎で蓄えられます。一方の土筆は、胞子を放出するため胞子茎といわれます。スギナはシダの仲間トクサ属の植物で、土筆はその一部で生殖部を担当し、栄養部を担当するスギナと分業しています。

多くの植物では、花が咲いて種ができ子孫を残します（種子植物）が、スギナなどのシダやキノコ類では花は咲かず、胞子により子孫を残しますので胞子植物と呼ばれます。

同じ地下茎から土筆とスギナが出ます。

胞子は土筆の頭の部分より放出されますが、どのような構造になっているのでしょうか。次ページの写真をご覧ください。

土筆の頭は、胞子嚢（のう）床と呼ばれる六角形の板のようなもので亀の甲羅のようにびっしり覆われています。この胞子嚢床の裏には、胞子を入れる胞子嚢がたくさん付着しています。胞子を放出する前には、胞子嚢床の隙間から緑色の胞子の詰まった胞子嚢を覗き見ることができます。胞子を放出した後、胞子嚢床は廂（ひさし）のように開き、胞子が飛び去って白くなった胞子嚢がたくさん垂れ下がっています。

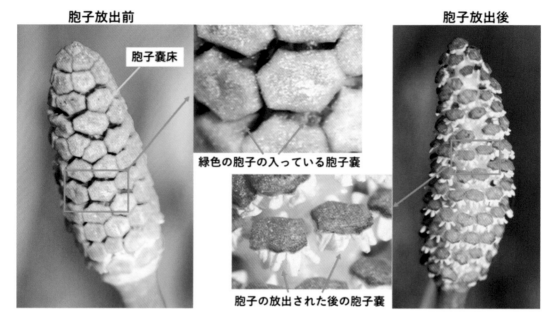

胞子放出前

胞子囊床

緑色の胞子の入っている胞子囊

胞子放出後

胞子の放出された後の胞子囊

　スギナの枝には、湿気の多い朝などに水滴がつくことがあります。下の写真は、夜来の雨の上がった朝早く撮影したものですが、スギナの枝に夥しい数の水滴がついています。スギナの枝の先端には水気孔があって、根に水分が多い時や空気中の湿度が高い時に、体内の水分を放出して水分調節をするそうです。

スギナの枝の先端に付着する水滴

先端部の拡大写真。
とんぼの目玉のようです。

朝露のスギ
ナに囲まれ
る土筆たち

やっと芽が出た土筆の子

つくづくしどこにいるやら春うらら

にょきにょき土筆がなんぼうでもある

山頭火

　土筆は古くから日本人に親しまれ、源氏物語では宇治十帖の早蕨の巻に登場します。父も姉も亡くし寂しく暮らす中君の元に、山の阿闍梨から蕨（わらび）と土筆（つくづくし）が届けられます。

阿闍梨のもとより、
年あらたまりては、何ごとかおはしますらむ。御祈りは、たゆみなくつかうまつりはべり。今は一所の御ことをなむ、やすからず念じきこえさする。
など聞こえて、蕨、つくづくし、をかしき籠に入れて、「これは童べの供養じてはべる初穂なり」とてたてまつれり。

（早蕨の巻）

　阿闍梨のもとからは、「年が改まりましてからは、どうしていらっしゃいますか。御祈禱は怠りなく勤めております。今はただあなた様のお身の上が案ぜられまして、そのことばかりをお祈り申しております」などと申し上げて、蕨や土筆を風流な籠に入れて、「これは童たちが愚僧に供養してくれました、

そのお初穂でございます」と、お贈りして参ります。

　（谷崎潤一郎　新々訳源氏物語巻9　中央公論社　昭和48年刊より）

　それ以後の日本の古典文学の中に土筆を扱ったものがないか、ネットで探してみましたが、意外と少なく明治にまで下らねばなりませんでした。正岡子規(1867-1902年) が土筆の句を48句書いています。

ふむまいそ小道にすみれつくつくし

ふむまいとすみれをよけてつくつくし

ふむまいとよけた方にもつくつくし

正岡子規

　子規と大学時代からの親友であった夏目漱石(1867-1916年)にも土筆の句があります。

土筆物言わずすんすんとのびたり

夏目漱石

　子規と漱石は同じ1867（慶応3）年、江戸から明治へ移行する年の生まれです。子規は松山、漱石は東京の出身で、17歳で入学した東京大学予備門で知り合い、寄席が共通の趣味であったことから親交が深まります。その後二人は東京帝国大学文科大学へ進学、子規は哲学科、漱石は英文科でした。漱石は卒業後、愛媛県の松山中学の英語教師として赴任しますが、その頃、大学を中退して日清戦争の従軍記者となっていた子規が帰国途中に喀血し、療養のため松山へ帰省します。しかし子規は実家へは戻らず、漱石の借家へ52日間も逗留し、勝手にかば焼きを注文しては食べ、支払いは漱石というようなこともあったとのことです。この時、子規は漱石に俳句を教えたといわれます。早熟で自己主張のはっきりしている子規に対し、それを黙って受け入れた漱石、子規は同じ歳の漱石をいつも弟扱いし、二人で道を歩いていても、いつも子規の思う方向へ向かったそうです。

この二人とよく似た間柄なのが、天才歌人石川啄木（1886—1912 年）と、アイヌ語研究で有名な言語学者、金田一京助（1882—1971 年）です。二人は岩手県の盛岡中学校（現在の盛岡一高）の同窓生で、金田一は４級下の啄木に、文学とくに短歌の手ほどきをしたといわれます。また金田一は、放蕩癖の強い啄木の生活を支えるために生涯にわたり金銭的な支援を行いました。

金田一は結婚した後も、啄木に無心されると家財道具を質に入れるまでして金を貸しますが、借りた金で啄木は遊蕩三昧を繰り返したそうです。ご子息の金田一春彦氏の回想によれば、啄木が家へやって来た時は、妻や子らは別の部屋へ隠れ、ただひたすら「早く帰って欲しい」と祈っていたそうです。それこそ箒を逆さまにして壁に立てかけていたのかも知れません。

金田一京助と石川啄木

子規は34歳、啄木は27歳で夭折します。天才肌で若くして世を去った子規と啄木、それに対し漱石と金田一は秀才で、後にそれぞれの道で大成します。天才肌の人というのは、見るからに常人とは異なった風貌なり雰囲気を持っていて、人を魅了するものがあります。漱石と金田一も私たちからみればとんでもない天才ですが、その二人にしても子規と啄木は別格だったのでしょう。二人の記した回想録には、若き日に彗星のように輝いて散って行った天才に対する格段の思慕と、一緒に過ごした青春時代の‘たまゆら’を偲ぶ想いが込められています。そしてそれを読む私たちは、スケールははるかに小さいながらも、自分たちのかけがいのない青春に重ね合わせます。

（俳句では、つくづくしは土筆のことで春の季語、つくつくしは法師蝉で秋の季語となっていますが、子規は両者とも土筆として使っています。なお京都では土筆のことをつくつくしとも言うそうです）

つくづくし遠い昔の人のよう

4月：からし菜（西洋からし菜)

―菜の花畑の向こうには、ウルトラマンが立っています―

満開の西洋からし菜の花。朝陽に透けて輝きます。

　4月に入って新型コロナウイルス感染は第4波の拡大を迎え、大阪や兵庫では医療崩壊寸前の状況です。いつ終わるかも知れないコロナ感染、私たちの不安は底知れず大きくなるばかりです。
　しかし季節は確実に春、のどかな里山には、桜が咲き、れんげが香り、菜の花が黄色く拡がります。

朧月夜
高野辰之作詞、岡野貞一作曲

菜の花畠(ばたけ)に、入日(いりひ)薄れ、
見わたす山の端(は)、霞(かすみ)ふかし。
春風そよふく、空を見れば、
夕月かかりて、にほひ(おい)淡し。

昔ながらの菜の花畑。油菜の花でびっしり埋まっています。

鈴鹿川の分流、派川の河川敷に群生する西洋からし菜。見事に黄色に咲き揃っていますが、油菜に比べますとやや疎な感じがして葉の緑が目立ちます。

昔は3月から4月になりますと、里山は黄色一色になりました。油菜の咲く菜の花畑が一面に拡がったからです。しかし最近は菜の花畑をあまり見かけません。菜種油を搾ることが少なくなったせいでしょうか、代わってよく見るのが、河川敷に拡がる菜の花です。前ページ下の写真は、私が通勤電車の車窓から眺める鈴鹿川の分流、、派川の河川敷に拡がる菜の花の群生です。私は油菜と思っていましたが、西洋からし菜のようです。最近では、戦後欧州から渡来した西洋からし菜が、日本全国の河川敷で群生するようになっています。

　油菜もからし菜もアブラナ科アブラナ属ですが、他に蕪（かぶ）、白菜、キャベツ、ブロッコリーなどの野菜も同じ仲間で、よく似た黄色の花を咲かせます。菜の花といえばこれらの花の総称ですが、狭義に油菜や西洋油菜だけを指すこともあります。では油菜（左列）とからし菜（右列）、どのように見分ければ良いのでしょうか。

丸っこい黄色い花弁4枚が左右上下対称に並ぶのが油菜、やや細長の花弁が十字を作るのが、からし菜です。

油菜　　　　　　　　　　　　　　からし菜

花は茎の先端に密集して咲きますが、その塊は油菜では大きく密度が高いのに対し、からし菜ではこじんまりして疎な感がします。

油菜　　　　　　　　　　　　　　からし菜

最も分かりやすいのは、葉の茎への付着部を観察することです。油菜の葉の付け根は茎を抱きます。他にも白菜、蕪、小松菜も同様の構造になっています。一方からし菜の葉の付け根は柄となって茎に付着します。水菜、キャベツ、ブロッコリー（恐らく）もこの型に属します。

油菜

からし菜

　さてこの菜の花、油菜みたいに見えますが、いったい何でしょうか。正解は次ページにあります。

正解は白菜です。他の野菜にも次のような菜の花が咲きます。

水菜

ブロッコリー

小松菜

119

蕪

キャベツ

　菜の花畑といえば、私には深く印象に残っている映画があります。ジョン・スタインベック原作、エリア・カザン監督、ジェームス・ディーン（1931-55年）主演の永遠の名画「エデンの東」です。公開は1955年、私が6歳の頃ですから私たちの一世代前の青春映画です。私は高校時代にリバイバルで観て感動し、その後3、4回は観ていると思います。

　第一次世界大戦前のアメリカ・カリフォルニアの農村を舞台とした厳格な父と双子の兄弟の愛と確執の物語です。優等生の兄と、不良っぽい弟（ディーン演じるキャル）、父は兄をことのほか大切にします。キャルは父に反抗的な態度をとりますが、ほんとうは父を愛し父のためにいろいろなことをするのですが、ことごとく拒絶されます。菜の花が登場するのは、キャルが兄の恋人（アブラ）と一緒に昼食を摂る場面です。この後、アブラは徐々に兄から弟へと心変わりしていきます。父から死んだと教えられていた母親は、実は離婚して近くの街で酒場を経営していました。弟に恋人を奪われ、母のふしだらな生き

満開の菜の花の前のキャルとアブラ

様を知った兄は、狂気して戦場へ旅立ちます。最愛の兄を失った父は、ショックのため脳卒中を起こし倒れますが、瀬死の枕元でアブラが懸命に語りかけ、ようやく弟の父を想う気持ちを悟ります。

　この映画では、聖書の世界における善を父と兄、悪を弟と母親になぞらえ、そのはざまで揺れる娘をアブラが演じます。キリスト教社会の教条主義が壊れ始めた頃の人間模様を描いた名作ですが、物語もさることながら、愛に飢えた孤独な青年の、ひたむきに生きる姿を演じたディーンに、多くの若者が強く惹きつけられました。その後ディーンは「理由なき反抗」「ジャイアンツ」に主演しますが、自動車事故で24歳の若さで亡くなります。僅か映画3作に出演しただけで伝説の人となりました。ビクターヤング・オーケストラの演奏する主題曲も素晴らしく、「シェーン」と並んで永遠に残る名曲です。

からし菜の群の中に佇むモンシロチョウ

　話は変わりますが、子供の頃同じような物語の日本映画を観ました。私の実家は津市の繁華街にあり、歩いて5分ぐらいのところに映画館が5館ありました。私が小学校低学年の頃、学校から早く帰りますと、長谷川一夫の大ファンであった母は、私の手を引っ張ってよく大映映画を観に連れてくれました。その中でしばしば観たのが、三益愛子（1910-82年）の母ものシリーズです。1948年から10年間に33作も作られたそうですが、そのうち何作かは

見ていると思います。覚えているのは、1958年に製作された田中重雄監督の「母」です。優秀で冷徹な長男と不良っぽいが親思いの弟、その二人の父との確執と、子供を想う母の心情を描いた映画です。夫が亡くなり寂しくなった母親に、弟がやさしい言葉をかける場面がありましたが、私と並んで観ていた母は涙を拭きながら「最後に親の面倒をみてくれるのは弟やなあ・・・」と一人呟いています。隣に座っている長男の私は、複雑な気持ちで聞いていたことを覚えています。

「エデンの東」とよく似た物語のこの映画、3年後に作られたとのことですので、ひょっとすると影響を受けているのかも知れません。そういえば5年後の1960年に作られた市川崑監督、岸恵子、川口浩出演の「おとうと」も、やんちゃな弟を愛する姉の気持ちを描いた作品でした。長い間日本の家父長制を支えてきた父、兄、弟の序列が戦後になって崩れ始め、弟の人間性を讃える映画が作られるようになったのでしょうか。西洋ではキリスト教の教条主義、日本では家父長制の崩壊により、弟が復権したと言えるのかも知れません。いずれにせよ兄としては割り切れない気持ちが残りますが・・・。

　話はもう一度変わります。先日ラジオで面白い話を耳にしました。初代ウルトラマンを演じた古谷敏（ふるやびん）氏の話です。古谷氏は1943年の生まれ、私より6歳年上です。東宝ニューフェースとなって映画デビューし幾つかの映画に出演しますが、いわゆる大部屋俳優として6年が過ぎます。

　そんな折、古谷氏に突然主役の話が舞い込みます。TBSテレビ「ウルトラマン」役です。主役と言っても、顔には仮面をかぶり体もスーツの中に隠れて見えない役、「せっかく俳優になったのに顔の見えない主役なんて・・・」と、はじめは出演を断ろうと思ったそうです。しかし周囲の人に反対されて引き受けたのですが、さて役作りがたいへんです。ウルトラマンは宇宙人であって、人間でもロボットでもない、どのように演じるかずいぶん悩んだそうです。例えば怪獣と対決するシーンです。実は古谷氏はジェームス・ディーンに憧れて俳優の道を選びました。映画「理由なき反抗」で、ディーンがチンピラとナイフを持って決闘する場面がありますが、ディーンの姿に古谷氏は強く魅かれ、映画俳優になったらいつかはディーンみたいな決闘場面を撮りたいと思っていたそうです。そこで怪獣との決闘です。ウルトラマンスーツの中で古谷氏は、ディーンを真似て少し猫背になり両腕を構えて怪獣に立ち向かいました。まさにディーンになった気持ち、夢が叶ったのです。

「理由なき反抗」のジェームス・ディーン　　　ウルトラマンに扮する古谷敏氏

　ウルトラマンが放映されたのは 1966 年、私が高校時代です。弟たちが観て
いましたので、時々一緒に見ました。でもウルトラマン役の俳優さんが、そ
のスーツの中でディーンになった気持ちで演じていたとは夢にも思いませ
んでした。その頃、私も「エデンの東」は観ていました。その憧れのジェー
ムス・ディーンがウルトラマンを演じていたとは、今思うと何とも嬉しい話
ではありませんか。仮面の下で人は何を考えているか、まったく分かりませ
ん。知る術もないでしょう。でもそれでいいのかも知れません。だから人間
の世界は面白いのです。
　なお古谷敏氏の話は、「ウルトラマンになった男」（小学館 2009 年刊）に詳しく書か
れており、電子書籍でも読むことができます。

青空の下、満開の西洋からし菜の群

5月：白つめくさ

—つめくさの灯りをたどって行けば、ポラーノ広場の夏祭り—

白つめくさの花が「ぼんぼり」のように浮かび、みんなこっちを見ているようです。

　　今年3月より医療人を対象として本格的に開始された新型コロナウイルスのワクチン接種ですが、その後65歳以上の高齢者にまで範囲を広げ、全国各地において急ピッチで進んでいます。コロナ感染も小康状態、里山では季節は春から夏へ装いを変えています。その初夏を爽やかに演出するのが、クローバー、白つめくさ（白詰草）です。ヨーロッパ原産のマメ科シャジクソウ属の植物で、牧草として世界中に拡がり、日本でも全国に分布しています。昔オランダからガラス器などを輸入する際、乾燥したクローバーを緩衝材として詰めて梱包したため、詰草と呼ばれるようになりました。葉は通常3枚（3小葉）ですが、稀に4枚のものがあり、幸せを呼ぶ「4つ葉のクローバー」として、子どもの頃探された方も多いと思います。その成因として突然変異説と葉の原基の受傷説があります。

四つ葉のクローバー

（少々くたびれていますが・・・）

56 枚の小葉を持つクローバーの葉

（ギネス・ホームページより引用）

　左の写真は、私がいつも自転車で走る小道の端で、たまたま見つけた四つ葉のクローバーです。人通りは結構あり、靴で踏みつけられて受傷し四つ葉となった可能性があります。ちなみに、ギネスのホームページには、2009 年花巻市の小原繁男氏により報告された 56 枚の小葉を持つクローバーが世界記録として認定されています（写真右）。

　白つめくさの小さな花は、蝶形花冠と呼ばれるマメ科独特の形をしています。長い柄の先端に、30〜80 個ほどの花が球状の花序を作って咲きます。

  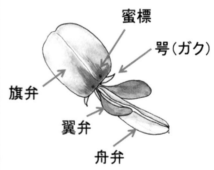

　白つめくさの花とその拡大図。右のイラストは、同じくマメ科の萩の花の蝶形花冠。左右の舟弁で挟まれた腔に「おしべ」と「めしべ」が入っています。

白つめくさはシャジクソウ属ですが、この仲間は世界中に260種ほどある
と言われます。その中のひとつ、小さな黄色の花をした黄色つめくさ（コメ
ツブツメクサ）が、白つめくさと一緒に咲いているのをよく見かけます。

白つめくさと黄色つめくさ

花の大きさの比較

小さな黄色つめくさの花
も蝶形花冠です。

126

シャジクソウ属の花の特徴は、受粉の済んだ花から順に下向きに垂れ、落ちないことです。

白つめくさの花の移り変わり。中央は咲き始めの頃、右は一部の花で受粉が
終わり垂れています。左では半分以上の花が受粉を終え下垂しています
（偶然 3 個並んでいるところを撮影しました）。

黄色つめくさの花の移り変わり。右に行くにつれ受粉した花が増えて行きます。

初夏の山を背景に咲く白つめくさと黄色つめくさの花の群

白つめくさのぼんぼん達の頭が並んでいます。初夏の里山と、その水田（みずた）に
映る姿を眺めているのでしょうか。

里山の土手に咲く白つめくさの花の群

畔いっぱいに咲く白つめくさの花

満開の白つめ草の畔が水田を挟んで並び、散歩する人も心地よさそうです。

　さて久々に宮澤賢治（1896-1933年）の登場です。賢治の書いた「ポラーノの広場」という比較的長い童話があります。白つめくさの花の灯りをたどって夏祭りで賑わうポラーノ広場へ行く話です。あらすじは次の通りです。

　昔、モリーオ市郊外の野原に、ポラーノの広場という伝説の場所がありました。夏の宵には祭りが開かれ、誰もが歌って踊って楽しんだそうです。そのポラーノの広場が復活したと聞いて、初夏のある晩、博物局へ勤めるキューストは、ファゼーロ少年と羊飼いのミーロの3人で探しに出掛けます。

　陽のとっぷり暮れた野原はあまりにも広すぎて、広場がどこにあるか見当もつきません。草むらの暗闇にはあちこちに「しろつめくさ」の花がぼんやり光っています。言い伝えでは、その花の灯りをたどって行けば広場に着くことになっています。よく見ますと、花には一つひとつ番号が書かれていて、それを順にたどって行って5千になったら広場に到着するということです。しかしその晩は3千あたりで時間がなくなり帰らなければならなくなりました。「確かに音楽が遠くに聞こえているのに・・・」、そう思いながら3人はしぶしぶ引き返します。

それから5日経った夜、彼らはとうとうポラーノ広場にたどり着きます。しかしそこでは、山猫博士というあだ名の県会議員が、選挙運動のために開いたパーティが行われていました。楽隊が音楽を奏で、参加者による歌合戦が行われています。すっかり酔っぱらった山猫博士がファゼーロと歌合戦をして喧嘩となり食卓ナイフで決闘をします。　お互い大した怪我もなく分かれますが、その後ファゼーロが行方不明となります。逆上した山猫博士がファゼーロを殺したのではないかという噂も立って警察沙汰となり、山猫博士も行方をくらまします。

つめくさの灯り

　そのまま8月となり、キューストは出張帰りに立ち寄ったセンダード市の路上で偶然、山猫博士に出会います。彼は工場の経営に失敗して隠遁生活をしており、憔悴した様子でした。あの決闘の夜もヤケ酒を飲み過ぎて騒ぎを起こしただけで、ファゼーロの失踪には関わっていないと打ち明けます。

　9月に入って突然ファゼーロが帰って来ます。センダード市の革染め工場で働いていたとのことで、山猫博士の残して行った工場で、若いみんなの力を結集して、いろいろな物を生産し理想的な産業組合を作ろう、そして県会議員のパーティではない、誰もが平等に楽しめる、ほんとうのポラーノの広場を作るのだと夢を語ります。

　それから3年、工場は順調に稼働し、ハム、皮類、醋酸（さくさん）、オートミールなどの生産品は、広く出荷されるようになりました。その後キューストは博物局を辞めて大都会のトキーオで働きますが、ある日、手紙が届きます。そこにはファゼーロが野原でよく口笛で吹いていた調子の楽譜が「ポラーノの広場のうた」と題されて印刷されていました。

（モリーオ市は盛岡市、センダード市は仙台市、トキーオは東京をもじったものです）

　白つめくさ、クローバーと言えば、誰もが昼のイメージを想いうかべると思います。明るく輝く太陽の下、クローバーの白い花が一面に咲く広い草原、その上で楽しく遊ぶ人達、遠くにアルプスの山々が聳えていれば、まさに「サウンド・オブ・ミュージック」の世界です。しかし賢治は夜のイメージを持って来ました。賢治は夜、野原や森の中を散策するのが好きで、朝まで帰ら

ないこともしばしばあったそうです。夜、鬱蒼とした自然の中を歩きながら、静謐な野や森の気配を感じ、かすかな虫や鳥の声に耳を傾け、ぼんやり光る花や木を眺める、星月夜も闇夜もあったことでしょう、遠くには街の灯りが見え、音もなく花火の上がったことも・・・。その経験があったからこそ、暗闇の中でぼんやり光る白つめくさのイメージが湧き、この童話が誕生したのだと思います。

　この童話で、最後に若者たちは理想の産業組合を作ろうとします。賢治は29歳の時、羅須地人協会を設立して、貧しい農民のために新しい農業や肥料についての講習会を開き、レコードコンサートを開催し、音楽団まで結成して練習を始めます。農民が貧困から脱出するためには、農産物を協同で生産、販売し、文化も一緒に享受する、まさにファゼーロらの産業組合であり、ポラーノの広場なのです。

　つい先週5月29日(土)の朝日新聞「はじまりを歩く」に「協同組合の夢」と題して童話「ポラーノの広場」が取り上げられました。賢治の生まれた1896年に起こった明治三陸津波では2万人を超える死者が出るなど、厳しい気候に加えて相次ぐ自然災害に、東北地方の農民は幾度となく飢饉を経験しました。その惨状に遭遇した賢治は羅須知人協会を立ち上げ、遠野物語の著者柳田国男(1875-1962年)は、農商務省に入って産業組合の設立に努めます。東日本大震災後、それを受け継ぐように幾つかの協同組合が始まりました。陸前高田市の NPO 法人「SET」のメンバーは「ぴいろた組合」を立ち上げ、地元の生産者から野菜を買い付けて組合員に分配しています。宮古市の「みやこ映画生協」は、スーパーの2階に組合員の出資による映画館を作り、震災で辛い思いをしている人達を慰めます。キーワードは「顔の見える循環（協同組合）一人じゃない」です。

さて童話に戻ります。「ポラーノ広場」の歌合戦で、山猫博士は次のように歌い出します。

　「今度は吾輩うたって見せよう。こら楽隊、In the good summer time をやれ。」
楽隊の人たちは何べんもこの節をやったと見えてすぐいっしょにはじめました。山猫博士は案外うまく歌いだしました。

　　つめくさの花の　　咲く晩に
　　ポランの広場の　　夏まつり
　　ポランの広場の　　夏のまつり
　　酒を呑まずに　　　水を呑む
　　そんなやつらが　　でかけて来ると
　　ポランの広場も　　朝になる
　　ポランの広場も　　白ぱっくれる。

（広場の名前がポランとなっていますが、この童話の先駆作品として「ポランの広場」があり、そこで登場した歌詞がそのまま使われたためと思われます。）

　この中で 'In the good summer time' とは、1902 年にアメリカで作られ大ヒットした 'In the good old summertime' という曲のことです。明るく楽しいリズミカルな曲で、アメリカ民衆の歌とでもいうのでしょうか、陽気なアメリカの人達に好まれそうな親しみやすい旋律の名曲です。東北でも無類のレコード収集家であった賢治にとって、恐らく愛唱歌だったのでしょう。つめくさの花の歌はこの曲の旋律に合わせて歌うようになっています。
　1949 年、同名のアメリカ映画が製作されました。監督ロバート Z. レナード、出演ジュディ・ガーランド、ヴァン・ジョンソンらです。文通を通じて愛し合うようになった二人、しかし手紙だけの交際ですから、お互い相手がどんな顔をしているのかさえ分かりません。最後の最後になって、二人は同じ職場で働き、いつも喧嘩ばかりしている上司と女性職員だったことが判明し、ハッピーエンドに終わります。昔懐かしい文通を介して芽生えた恋、スマホ時代では考えられないことです。今回初めて DVD で観て、久し振りに古き良き時代のアメリカ映画の楽しさを満喫しました。機会がありましたら是非ご覧ください。

6月：麦畑

―里山の夏の異次元世界、風、光、ざわめき―

風に騒ぐ麦畑を撮影した写真。何の画像処理もしていないのに抽象絵画のようです。

　　新型コロナウイルス感染は、6月も後半となって小康状態となり、高齢者に対するワクチン接種は着実に進んでいます。気になるのはデルタ変異株の動静ですが、比較的穏やかに過ぎている里山は麦秋の季節を迎えました。

　　日本の里山を黄色く彩るもの、春には菜の花畑があり、初夏には麦畑の麦秋があります。菜の花畑の黄のイメージは、「鮮やか」「華やか」「みずみずしい」「甘い香」でしょうか。一方の麦秋の黄は、「やや渋い」「控え目」「乾燥」そんな感じがします。麦畑を毎日見ていますと、麦穂の色が、青緑から黄緑、黄、黄銅、海老茶へと変化して行きます。麦穂の色が変わるとともに麦畑全体も表情を変えます。

　　小津安二郎監督の映画「麦秋」では、ラスト・シーンで麦秋が登場します。年老いた両親は、囲炉裏端でお茶を呑みながら、庭越しに麦秋の中を過ぎて行く花嫁行列を眺め、遠くへ嫁いで行った娘へ思いを馳せます。背景には耳

成山の稜線が緩やかに流れ、昔懐かしい日本の里山の初夏の光景です。

映画「麦秋」のラスト・シーン

風の無い日の里山の麦秋。穏やかな里山風景にしっとり馴染みます。

　穏やかな麦畑も、ひとたび風が吹きますと様相は一変します。上の写真
は、麦穂が黄色く色付き始めた頃、下はすっかり退色して海老茶色になっ
た頃の麦畑です。どちらも背景の田圃や山は初夏の表情をして静かに佇ん
でいますが、麦畑だけが一人ざわめき立っています。まったく別世界、

異次元世界なのです。しかもその騒がしい麦畑を、私は普通にカメラの
シャッターを切っただけなのですが、出来上がった写真は、まるで絵画で
す。何の画像処理もしていないのに、油絵具で描いた抽象画のように見え
ます。その絵のような不思議な写真、どうぞご覧ください。

周囲の麦穂は黄変し風に揺れているのに、まだ青い麦穂の小さな群が取り残され孤立
しています。

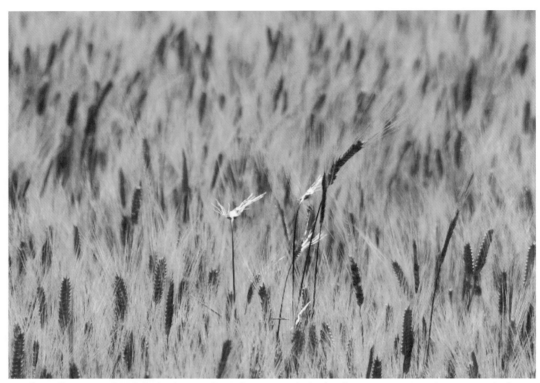

麦の穂先の一部が光を受けて白く光り、小さな鳥が飛んでいるように見えます。

緑と黄色と海老茶と白、微妙な色調のバランスが実に巧みです。

すっかり熟れた麦畑。薄茶色の何とも言えない世界です。

　さて麦畑と言えば、この人、ヴィンセント・ファン・ゴッホ（1853-90 年）に
登場を願わねばなりません。アルルへ移ってから 37 歳で死亡するまでの間
に、麦畑を題材とした絵を数多く描いています。そのなかでも特に有名なの
が、「荒れ模様の空にカラスの群れ飛ぶ麦畑」でしょう。今にも嵐のやって来

ファン・ゴッホ　荒れ模様の空にカラスの群れ飛ぶ麦畑　1890 年
ゴッホ美術館（アムステルダム）蔵

そうな黝い空、黄色の麦畑が風に激しく揺れています。手前で交差する三本の道は別々の方向へ消えてゆき、カラスの群れが逃げるように飛び去ります。ゴッホは、自身の孤独と不安、哀しみをこの絵画に表現し、この場所でピストル自殺を図ったと言われています。ゴッホの死後今日まで、それが定説になっており、私たちもそう教わりました。ところが最近、自殺ではなく他殺であるという説が唱えられています。その根拠は何なのでしょうか。そこでゴッホがアルルへ来てから最期に至るまでの2年5か月間の足跡をまとめてみました。下表をご覧ください。この期間は、住んでいた町により3つに区分されます。まずアルル時代、ゴッホが景色の明るさに驚嘆し、精力的に絵を描いた時期です。恐らく短い一生のうちで最も絵画制作に打ち込んだ時期だったと思われます。そしてゴーギャンとの共同生活が2か月で破綻し耳切事件を起こして終わります。

アルル、サン＝レミ、オーヴェルの地図

場所	年	月日	出来事
アルル	1888	2月20日	パリからアルルへ移住
		5月	黄色い家に住む
		10月23日	ゴーギャンが到着、共同生活を始める
		12月23日	左耳切り落とし事件、ゴーギャン去る
			アルル市立病院入院
サン＝レミ	1889	1月7日	同病院退院
		1月～4月	アルル市立病院入退院を繰り返す
		5月8日	サン＝レミの修道院の療養所に入所
			精神病の発作を繰り返す
			ゴッホの絵画の評価がパリで高まり、1作品が売れる
オーヴェル	1890	1月31日	弟テオとヨーに長男誕生
		5月16日	療養所を退所
		5月20日	オーヴェル＝シュル＝オワーズの医師ガシェを訪ね、そのまま同地のホテルへ滞在する
		7月27日	拳銃で負傷、29日に死亡する

表　ゴッホの最期に至る2年5か月の足跡

写生に出掛けるゴッホ

　次のサン＝レミ時代は、精神病の発作を繰り返すためサン＝レミの修道院の療養所へ入所していた時期です。最後のオーヴェル時代には、医師ガシェと親交を保ちながら絵画制作を続けます。そして1890年7月27日に拳銃で自殺を図り2日後に死亡します。

　ゴッホは何故自殺しようとしたのでしょうか。その動機として次のようなものが考えられます。

① 精神病の再発を恐れていた（しかしオーヴェルに滞在してからは一度も発作を起こしておらず、病状は安定していたと言われています）。

② 絵画の才能に限界を感じ、将来を不安に思っていた(サン＝レミ時代の1月、パリの評論家やモネなどの画家によりゴッホの絵が賞賛されたこと、また赤い葡萄畑という絵が初めて売れたことなどより、決して絶望的な気持ちではなかったと思われます。また死亡する数日前に絵具を購入していることも、創作意欲のあったことを推測させます)。

③ 経済的にやって行けないと思っていた（これは確かな様で、弟テオ一家には長男が生まれて費用がかさみ、またその頃テオは会社の上司と折り合いがうまく行かず苦境に立たされていました。そのためこのままテオから仕送りをして貰うのは辛いと思っていました。自殺したとすれば、これが最も大きな動機になったものと思われます）。

　ただその自殺ですが、不自然な点が多々あります。

① 自殺するなら通常、頭か心臓部を狙いますが、腹部を受傷していること。
② 自殺の場合、至近距離から発射しますので、弾丸はほとんど体を貫通するそうですが、体内に残っており、ある程度離れた場所から撃たれたのではないかと推測されます。
③ 自殺しようとした麦畑に拳銃が見つからなかったこと。
④ 受傷した後、歩いてホテルまで帰っていること。

　謎を残したまま自殺が定説となっていましたが、10年ほど前、ピュリッツアー賞作家のスティーブン・ネイフとグレゴリー・ホワイト・スミスが、著書「ファン・ゴッホの生涯上・下」（松田和也訳、国書刊行会、2016年）の中で他殺説を提唱しました。オーヴェルには、汚い身なりをしたゴッホが写生をしているのを見て、いじめたり悪ふざけをする悪ガキの一団があったそうです。その中にガストンとルネの兄弟がいて、兄は画家を目指していてゴッホを慕っていたそうですが、16歳の弟ルネ少年は、アメリカ西部劇にかぶれカウボーイの恰好をして拳銃を持ち歩いていました。ある時、少年たちと小競り合いしている最中に拳銃が暴発してゴッホは誤射されました。しかしゴッホは少年らをかばうために何も話さず死んでいったと推論しています。あるいは故意に撃たれたとか、自殺願望のあったゴッホが頼んで撃って貰ったなどの説もありますが、いずれにせよ私には、ゴッホは自らの手で拳銃自殺したと考えるよりも、ルネ少年らに撃たれたとする方が、より自然に近いように思われます。

ファン・ゴッホ　荒れ模様の空の麦畑　1890年　ゴッホ美術館（アムステルダム）蔵

ゴッホは「荒れ模様の空にカラスの群れ飛ぶ麦畑」を描いたのと同じ頃、2枚の絵を描いています。そのうちの1枚が前ページの「荒れ模様の空の麦畑」です。同じく荒れ模様の空ですが、地上の麦畑は穏やかです。今回お示ししました写真でも明らかなように、麦畑は風のない時には静かですが、風が吹くと様相が一変します。ましてや嵐となればなおさらです。カラスの飛ぶ麦畑の絵は風が強い時に描かれました。ざわめき立つ麦畑、不吉な黒いカラスの群が、ゴッホの深い孤独と不安と哀しみを表していると言われます。しかしそれほど強い苦悩を抱えているゴッホが、同じ頃に描いたもう一枚の絵では、麦畑の表情は実に穏やかです。ゴッホは深い苦悩を抱きながらも、天候により変化する麦畑の姿を、ありのまま描いたのではないでしょうか。ほんとうは、もっと生きて絵を描きたかったのではないでしょうか。

　私もゴッホは自殺ではなく偶発的な事故により亡くなったのだと思うようになりました。

　　（ゴッホの2枚の絵は、ゴッホ美術館のホームページよりダウンロードしました）
追記
　1960年には、ゴッホが自殺したとされる農地で錆びた拳銃が発見されました。ゴッホは自殺する時に用いたものらしく、今なお自殺説は有力です。

7月：サフランモドキ

―私のほんとうの名前を教えてください・・・その1―

サフランモドキの花。桃色の花弁、「おしべ」の黄色の葯、真っ白な「めしべ」が鮮やかです。上向きに咲くことが多いのですが、この花は少しうつむきに咲いています。

　連日の猛暑の中でオリンピックの熱戦が続いています。その上、新型コロナ感染の第5波拡大が重なり、文字通り熱い夏です。
　さて今月の花は、サフランモドキです。モドキとは漢字で「擬き」と書き、「似て非なるもの」の意味です。その名前の由来は次の通りです。サフランモドキは、江戸末期に日本へ渡来しましたが、当時の人は、薬用のサフランと思ってサフランと名付けたそうです。ところが明治に入って、本物のサフ

ランが知れ渡るようになって誤りであることが分かり、サフランモドキという名前になったそうです。でもほんとうの名前はあったはずで、なぜそれに戻さなかったのでしょうか？　桃色の美しい花なのに、自分の本当の名前で呼んで貰えず、サフランモドキとは如何にも気の毒です。それで今回の副題は、「私のほんとうの名前を教えてください・・・その1」となりました。

サフランモドキ

　もう一つ気の毒な名前の花があります。それは夏の終わりに桃色の「ゆり」のような美しい花を咲かせる夏水仙です。花は「ゆり」のような形なのに、なぜ水仙なのでしょうか。水仙の花とは似ても似つきません。なぜ水仙になったかというと、葉が水仙の葉に似ているからだそうです。花を見ずに名前が付けられたのです。足を見て名付けられたようなもので、美しい花は、「私の顔をよく見てください」と嘆いているようです。そこで次号では、これも不本意にネーミングされた夏水仙を取り上げ、「私のほんとうの名前を教えてください・・・その2」とします。

夏水仙

　サフランモドキは、中央アメリカ原産のヒガンバナ科タマスダレ属の多年草で、秋の初め郊外の道端でしばしば見かける白い可憐な花、タマスダレ（玉すだれ）と同じ仲間です。ヒガンバナ科タマスダレ属の植物の総称を、学名ではゼフィランサスと言い、サフランモドキは**ゼフィランサス・カリナタ**となります。これがサフランモドキの正式名称であり、せめてこの名に因んだ名前を付けてやれば、サフランモドキも喜んだことだろうと思います。

白く可憐なタマスダレの花

　サフランモドキは、地下に鱗茎と呼ばれる球根のようなものがあり、そこから花茎が 1 本伸びて先端に径 6cm ほどの比較的大きな花を 1 個咲かせます。花は、外花被片（萼に相当）、内花被片（花弁に相当）それぞれ 3 枚ずつの 6 枚からなり、鮮やかな桃色をしています。目立つのは「おしべ」と「めしべ」です。「おしべ」は 6 本で黄色の細長い葯を持ち、葯は花糸に対して T 字型に接続して揺れます。真っ白な「めしべ」は一本で、柱頭は 3 裂ですが、4 裂のものもあります。

サフランモドキの花（矢印は「めしべ」）

「おしべ」の葯は花糸に対し T 字型に
接続します。

花は６月から７月頃に咲き、雨の降った後に開花することが多いので、英語ではレインリリー（Rain Lily）と呼ばれます。タマスダレもレインリリーと呼ばれますが、もう一つ、レインリリーと呼ばれる花があります。同じヒガンバナ科の仲間でハブランサス属のハブランサスです。中南米が原産の球根植物で、日本へは大正初期に渡来しました。このサフランモドキとハブランサス、同じ頃に咲き、花の形もよく似ていますので、しばしば混同されます。私もはじめ、ハブランサスの花をサフランモドキと思って写真を撮っていましたが、サフランモドキにしてはトレードマークの「おしべ」が小さく外から見え難いのです。「サフランモドキの亜型かな？」と思っていたのですが、種類が違っていました。ハブランサスの「おしべ」は、曲がっていて花の中央部の奥深くに潜んでいます。また「めしべ」も先端が反り

ハブランサスの花（矢印は「めしべ」）

返って外へ突出しておらず、サフランモドキのように目立ちません。

折り重なる葉の隙間に開き始めたサフランモドキのつぼみ

また花の咲き方にも違いがあるようです。サフランモドキでは上向きに咲くのに対し、ハブランサスでは横向きに咲くものが多いようです。もちろん冒頭の写真のように、うつむいて咲くサフランモドキもあり、一律には分けられませんが・・・。

上向きに咲くサフランモドキ

横向きに咲くハブランサス

背後から光を浴びると花の中央部が明るく輝き、「おしべ」が浮かび
上がります。「めしべ」は4裂です。

サフランモドキの花の光と影

ハブランサスの群れて咲く木陰の夕暮れ

小川の堤に群れるハブランサスの花

一方、本家本元のサフランは、アヤメ科の多年草でクロッカスの仲間です。スペイン、フランス、ギリシャ、トルコなど南ヨーロッパや西アジアが原産で、紀元前より香辛料や薬用として珍重されて来ました。日本へは江戸時代に伝来しましたが、明治中期になって国内でも栽培されるようになり、現在は大分県竹田市で国内の8〜9割を生産しているそうです。

　右図をご覧ください。サフランの花の中央には黄色の「おしべ」があり、

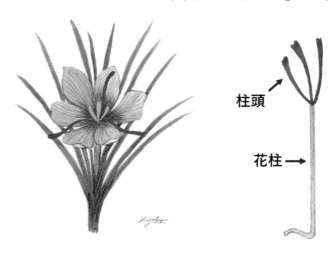

そこから深紅の紐のようなものがひょろひょろと3本伸びています。これが「めしべ」の柱頭で、サフランの「めしべ」は、花柱が3本の柱頭に分かれています。この柱頭を乾燥させて香辛料として使うのですが、1g集めるのに300個の花が必要とのことで、世界でも最も高価な香辛料と言われます。

サフランの花　　　　「めしべ」の構造

　実際に香辛料サフランを買って来て料理に挑戦しました。まずサフランライスです。炊飯器に米と水を入れ、ひとつまみのサフランを加えて20分ほど待ってからスイッチを入れます。するときれいな黄色のサフランライスが炊き上がりました。そのまま口へ入れてみましたが、今まで経験したことのな

い何とも言いようのない味です。次いで昨夜作ったカレーをかけていただきました。濃厚なカレーの味の後で、爽やかで奥深い後味が残ります。白米には無いものです。カレーの味も引き立てられて美味しくなりました。これがサフランの妙味、隠し味でしょうか。一人でいるとよく分からないが、誰かと一緒だとその人を盛り立てながら自分の存在感も示す、そんな人のようです。

香辛料サフラン

他にもブイヤベース、パエリア、ピラフなどに使うことができるそうですが、高価ですのでそう簡単に使うことはできません。しかし10日以上も続く

長雨と大雨にうんざりする毎日、緊急事態宣言やまん延防止等重点措置などが発令されて、外食もままなりません。そんな憂鬱な暮らしの中、ささやかな贅沢をして気分転換するのも良いかも知れません。香辛料サフランはスーパーでも700円ぐらいで売っていますので、お試しになられては如何でしょうか。

サフランライス

8月：夏水仙

―私のほんとうの名前を教えてください・・・その2―

夏の終わり、傾きを増した陽の光をいっぱい浴びて、ひときわ鮮やかに咲く夏水仙。

8月は梅雨のような長雨の中、オリンピック、パラリンピックが開催されました。賛否両論のあった両大会の開催でしたが、何とか無事終わりほっとしています。と同時に、選手たちのあの笑顔を見ていますと、個人的には無理して開催して良かったのかなとも思います。そして新型コロナの感染拡大第5波、全国的に医療が逼迫し、たいへんな事態となりました。

さて今月の花は、先月約束しましたナツズイセン（夏水仙）です。葉が水仙に似ているからこの名が付いたのですが、華麗な花は無視されて不本意にネーミングされた気の毒な花です。夏水仙は、ヒガンバナ科ヒガンバナ属の多年草（水仙も同じヒガンバナ科ですがスイセン属です）、お盆前後より50〜60cmほどの真っ直ぐな花茎を伸ばし、先端に桃色の美しい花を4個ほど咲かせます。ヒガンバナの仲間ですから、花と葉は別々に現れます。彼岸花では花が枯れた後に葉が出て冬を越しますが、夏水仙では、春に出た葉が枯れ

た後、夏に花が咲きます。

反り上がった長い「めしべ」と「おしべ」が
特徴の夏水仙

春に出た葉が枯れた後、花が咲きます。

　江戸から明治時代に渡来した比較的新しい外来植物かと思っていましたが、はるか古くに中国から伝わった帰化植物で、そのため幾つかの地方名（八戸市のカラスノカミソリ、神奈川県のピーピーグサなど）があります。

　ヒガンバナ科ヒガンバナ属の植物を総称してリコリスと言い、彼岸花、夏水仙、狐のカミソリのほかいろいろな園芸種が含まれます。一般的には彼岸花を除く花をリコリスと呼んでいるようです。

狐のカミソリ

彼岸花

　夏水仙や狐のカミソリでは花弁はラッパ型に開きますが、彼岸花では大きく反り返ってカールを描きます。

開き始めたばかりの夏水仙。夕陽を浴びて初々しく輝きます。

木漏れ陽にライトアップされた夏水仙。ゆく夏を惜しむかのようです。

晩夏の午後遅く、ランタンのようにおぼろげに輝く夏水仙。

　オリンピックもパラリンピックも、私たちに多くの感動を与えてくれました。なかでも私が特に感銘を受けたのは、パラリンピック初出場の若干14歳の山田美幸選手が、背泳の100mと50mの2種目で銀メダルを獲得したことです。山田選手は、生まれつき両手が無く両足にも障害があります。そんなハンディを負いながら背泳をすること自体驚きました

山田美幸選手

が、その上パラリンピック史上最年少で銀メダルを2個も獲得するとは、まさに凄いの一言に尽きます。レース後のインタビューで、彼女の見せた笑顔は実に爽やかでした。この日のために懸命に努力を重ね、頑張って来た日々があったからこそ、あの明るい笑顔が生まれたのでしょう。「新潟へ帰ったら、白いごはんをなめ茸と海苔の佃煮で食べたい」と屈託なく語る少女の夢は、外交官になることです。

　オリンピックに負けず劣らず数々の感動を生んだパラリンピック、今では国際的な大会になっていますが、ここまで来る道のりは平坦なものではありませんでした。とりわけ日本においては・・・。

　日本パラリンピックの父と呼ばれる人がいます。九州大分の整形外科医、中村裕博士（1927-84年）です。九州大学医学部整形外科学教室へ入局した

先生は、1960年、リハビリテーション医学の勉強をするために英国のストーク・マンデビル病院へ留学し、ルートヴィヒ・グットマン博士の指導を受けます。そこでは古くからリハビリテーションにスポーツを取り入れ、パラリンピックの起源となったストーク・マンデビル競技大会を 1948 年より開催していました。当時日本では、「身障者は家で寝て過ごすのが一番」と言われていた時代です。中村先生は、スポーツによるリハビリテーションにより、脊髄損傷患者の残存機能がみるみるうちに回復して強化され、半年のうちに社会復帰していく姿を目の当たりにして、大きな衝撃を受けます。

帰国して早速、身障者の訓練にスポーツを取り入れようとしましたが、日本では「治療は安静が一番」で、患者にスポーツをさせること自体反対する人も多く、「身障者を見世物にするのか！」と声を荒げる人もいました。それでも中村博士は負けずに自分の患者さんや行政などを熱心に説得し、1961年10月22日、全国に先駆けて「第1回大分県身体障害者体育大会」を開催します。しかしこの頃社会的関心は低く、マスコミもまったく取り上げませんでした。「日本

グッドマン博士と中村博士

における認識を高めるためには国際大会に参加しなければいけない」と考えた先生は、1962年のストーク・マンデビル大会に2名の選手とともに参加します。日本から初めての参加ということで世界中に大きく報道され、日本でもパラスポーツへの感心が高まり、厚生省もリハビリテーション医学に力を入れるようになりました。そして 1964 年、東京オリンピックの後に第2回パラリンピック東京大会が開催され、中村博士は日本選手団の団長を務めました。

さらに先生は、身障者の社会復帰をめざして1965年別府市に「太陽の家」を開設します。これは、作家の水上勉氏や評論家の秋山ちえ子氏の支援のもとに、立石電機（現オムロン）社長の立石一真氏の理解と協力により、立石電機との共同出資という形で設立した会社です。障害者を雇用して通常の工場に負けない質の高い製品を生産することに努め、苦労を重ねて黒字化に成功し、後にソニーやホンダなどの大企業も参加するようになりました。また地域社会との交流を高めて障害者の自立を図り、現在では愛知県蒲郡市や京

都市にも同様の施設が開設されています。

　私が小学校低学年の頃、今から60数年前ですから1950年代後半でしょうか、登下校の途中に一軒の古い家がありました。垣根越しに家の中の様子が見えて、庭に面した縁側に重症心身障害者が座っているのをよく見掛けました。背の高い痩せた青年で、いつも寝巻姿でした。よく見ると長い帯で柱に縛りつけられていて、帯の長さの範囲内で歩いたり座ったりして一日を過ごしているのです。初めて見た時にはびっくりしましたが、大人たちは当たり前のようにして通り過ぎて行きます。それが当時の日本でした。

　大学生の頃に重症心身障害児施設を訪れたことがあります。障害児のお世話をする指導教員の先生方は、どんな気持ちで仕事されているのか、お聞きしたかったからです。その時、中年の男性教員が淡々と語られた言葉を、今でもはっきり覚えています。「最初施設へ来た時には何もできなかった子供たちが、毎日少しずつ訓練を続けていきますと、そのうち自分でスプーンを持ってカレーライスを食べられるようになります。その時の子供の嬉しそうな顔を見ますと、この仕事を続けて来てほんとうに良かったと思います。」

　中村先生はじめ、多くの人たちの忍耐強い努力によりめざましい発展を遂げたパラリンピック、選手の誰もが素晴らしい活躍をしてくれました。また障害者の社会復帰の道も開かれて来ました。今米国大リーグでは、二刀流の大谷翔平選手の活躍が話題になっています。彼のように何もかも恵まれた人もいます。一方、山田美幸選手のように大きなハンディを負いながらも大活躍する人もいます。見せる笑顔は、ともに自然で爽やかです。それはスポーツをする人の笑顔だからでしょうか。コロナ禍の長丁場にあって気分が滅入っている時、2人の美しい笑顔に巡り会って救われた気持ちになりました。

9月：百日紅（さるすべり）

—せみなくやつくづく赤い風車　（一茶）—

開いたばかりの百日紅の花。赤紫の花弁 6 枚から成る風車（かざぐるま）。中央には未だ成長していない「めしべ」と「おしべ」。くしゃくしゃ頭の赤子（あかご）のようです。

　　あれだけ猛威を奮った新型コロナ感染の第 5 波拡大は、9 月も半ばを過ぎますと急速に減衰しました。嘘のように静かになった日本列島、そんな顛末を夏の間静かに見守っていたのが、今月の花、百日紅（さるすべり）です。夏から秋にかけて百日もの長い間、紅い花を咲かせるものですから「ひゃくにちこう」とも呼ばれます。ミゾハギ科の落葉中高木で、幹や枝の樹皮がす

べすべしていて、猿も滑りそうだからこの名が付いたのはご存知の通りです。実際は猿も鳥も滑らないそうですが・・・。

　百日紅は、お寺の境内やお墓で咲いているというイメージが強いのですが、中国への留学僧が日本へ持ち帰ったからとか言われます。日本の暑い夏をお墓で静かに咲く百日紅、物騒がしい世の中をどのように思っているのでしょうか。

炎天の地上花あり百日紅

高浜虚子

　じりじりと照りつける炎天の下、高台の墓地に満開の百日紅。日本の夏を遠望しているようです。

墓地に咲く百日紅

　百日紅の花（花序）は、いくつかの花が集まり、くしゃくしゃになって咲くものですから、1 個の花はどうなっているのか、さっぱり分かりません。私にとって長い間の疑問でした。今回よく観察してみてようやく理解できました。

団扇状に並んだ百日紅の花弁　　　　　「めしべ」（緑矢印）と「おしべ」

　百日紅の花は、通常6枚（まれに7枚）の花弁が輪状に並びますが、下方部には花弁はなく団扇状になります。冒頭の写真のように下方にも花弁があって綺麗に輪状に並ぶものは多くありません。中央部分に「めしべ」と「おしべ」がありますが、「めしべ」と黄色の葯のなくなった「おしべ」はよく似ていて、じっくり観察しないと識別できません。

散れば咲き散れば咲きして百日紅

加賀千代女

百日紅の花が長く咲き続けるのは、咲いている花の側にたくさんのつぼみが控えていて、次から次へと花が開いていくからです。

入道雲がよく似合う百日紅

夏の高い雲の下、翼を拡げたように咲く百日紅

夏の夕陽を名残り惜しそうに見送る百日紅

　小林一茶（1763-1828 年）は、文化文政時代に活躍した俳人で、松尾芭蕉、与謝蕪村と並んで「江戸の三大俳人」と称され、私達にもなじみの深い俳句をたくさん詠んでいます。

　雀の子そこのけそこのけお馬が通る
　われと来て遊べや親のない雀
　やせ蛙まけるな一茶これにあり
　やれ打つな蠅が手をすり足をする
　雪とけて村いっぱいの子どもかな

　一茶は自身の句の中で、子供や雀、蛙、昆虫などの小動物を、愛情を込めて描きます。その視点は常に弱い者の味方です。そのような「一茶調」と呼ばれる情愛細やかな俳句を作った人ですから、さぞかし良寛さんのように善良なお爺さんで、穏やかな人生を送ったのだろうと思っていましたが、意外や意外、波乱万丈の生涯でした。

一茶（本名：弥太郎）は、1763年北信濃の柏原に裕福な農家の長男として生まれました。3歳の時に生母を亡くし、その後父の再婚により継母と一緒に暮らしますが、折り合いが悪く不幸な少年時代を過ごします。唯一の理解者であった祖母の死後、継母との仲はいよいよ険悪となり、それを見かねた父は、15歳の一茶を江戸へ奉公に出します。その後10年ほどの消息は不明で、一茶も語ろうとしなかったそうですが、ただ「苦しかった」とだけ回顧しています。25歳の頃より俳諧の世界で頭角を現し、東北や西国へ俳諧行脚をしたり、俳諧や古典を猛勉強して俳諧師としての実力を磨き、徐々に全国的に知られるようになります。

　39歳の時、病に倒れた父の看病のため柏原へ戻りますが、父はまもなく死亡し、その後、遺産相続をめぐって継母や義弟と争いとなります。12年もの歳月を要してようやく和解に至った51歳の時、一茶は柏原へ移住しますが、遺産相続で継母や義弟と争ったことが尾を引いて、村人たちとはうまく行かず、本人もふるさとに対し被害意識を抱きます。それでも俳諧師として全国的に有名となった一茶は、北信濃に多くの門人を抱える俳諧師匠となり、父の遺産も相続して安定した生活を送ることができるようになりました。

　そこで一茶は52歳で初めて結婚します。最初の妻との間には4人の子供が生まれますが、皆2歳にもならぬうちに他界し、妻にも先立たれてしまいます。再婚した妻は3か月で離縁となり、自身も中風の発作を繰り返して言語障害を患い身体的にも不自由となります。それでも64歳になって3度目の結婚を果たしますが、翌年には柏原の大火により自宅を焼失して土蔵暮らし

となり最期を迎えます。享年 65 歳、一茶の死後、最後の妻から誕生した女児だけが無事に育ちます。

　一茶は生涯で 21,200 以上の句を作りましたが、芭蕉の 956 句、蕪村の 2918 句と比べますと、きわめて多作です。芭蕉や蕪村は、自分の感じたことの中から、極力自分を削ぎ取り、本質的なものだけを言葉にして「わび」「さび」の世界に到達しました。一方の一茶は、自分の感じたことや思いを率直に表現しました。その作風の違いも句数の差になったものと思われます。

　一茶は、子供や小動物などの弱いものや、蠅や蚊などの嫌われものに対しても、やさしい視線を投げかけて俳句を作っています。これには少年時代、継母にいじめられた哀しい思い出や、江戸での奉公時代に「田舎者」として馬鹿にされた辛い経験があったからだと言われます。と同時に、継母と義弟との間で遺産相続のため長年争ったり、晩年近くになっても妻帯するなど、生と性に対し執着心の強い人間臭い一面を持った人でもありました。

　　天文を心得顔の蛙かな
　　きりぎりす声をからすな明日も秋
　　紅粉（べに）付けてづらり並ぶや朝乙鳥
　　　　乙鳥は燕（つばめ）のことです。

死んだならおれが日を鳴け閑古鳥

　閑古鳥（かんこどり）は郭公（かっこう）
のこと、おれが日とは自分の命日のことです。
客の少ない暇な店を「閑古鳥が鳴く」と言い
ますが、「かっこう」は静かな野山で鳴きます
ので、「かっこうが鳴く」ほど静かな店という
意味なのですね。

閑古鳥（郭公）

　一茶54歳の時、最初の妻との間に長女「さと」が誕生します。一茶の代表
的な俳文集「おらが春」の「添乳（そえち）」の章には、1歳の誕生日を前に
した「さと」の愛くるしい姿が生き生きと描かれています。「口もとより爪先
迄、愛嬌こぼれてあいらしく・・・」とベタ褒めで、今でも使われる「天窓
（おつむ）てんてん」などの言葉であやしています。まさに「親バカ」です。
その時詠まれた俳句のうち有名なのが次の2句です。

　　蚤の迹（あと）かぞへながらに添乳かな

　　名月を取ってくれろとなく子かな

　ところが「さと」は1歳の誕生日を過ぎてまもなく天然痘のため死亡しま
す。深い喪失感に襲われた一茶は、自身の気持ちを次の句に託します。

　　露の世は露の世ながらさりながら

　　　　（おらが春、露の世の章）

　さらに「さと」が死んでしばらく経った夏の日、一茶は副題に挙げたこの
句を詠みます。

　　　せみなくやつくづく赤い風車

　　　　　　（八番日記）

　命の短い蝉が盛んに鳴く中を、赤い風車がくるく
る回っています。赤い風車は、「さと」の好きだった
おもちゃで、「さと」を偲びながら詠んだと言われて
います。ところが「おらが春」には、「さと」に風車
を与えた時の記述がありますので、原文をそのまま
引用します。

　おなじ子どもの風車といふものをもてるを、しきりにほしがりてむづかれ
ば、とみに（すぐに）とらせけるを、やがてむしゃむしゃしゃぶって捨て、
露程の執念なく、直ちに他の物に心うつりて・・・。

実際、「さと」は風車をあまり好まなかったようです。

　それはさておき、風車を「つくづく赤い」と表現した一茶は、この赤に消え去った「さと」の命を感じていたのでしょうか。私はネットで、「赤い風車」を百日紅の花になぞらえたブログに出会いました（※）。そこで自分で撮った写真を見てみますと、なるほど「赤い風車」です。ことに冒頭の写真では、赤い風車の中央に赤ん坊の顔が見えます。一茶は、蝉時雨の中、くるくる回る赤い風車を見て「さと」を偲びこの句を作りました。その時一茶は、百日紅の花が赤い風車に似ていることを知っていたのか、知らなかったのか、それは分かりません。ただ暑い夏、人間ドラマの悲喜こもごもをじっと見守りながら、静かにお墓で咲いている百日紅の花を見ていますと、それが赤い風車であるとするならば、どうしても「さと」の死と結びつけたくなってしまいます。少なくとも愛嬢の死に嘆き悲しむ一茶の姿を見ていたはずですから・・・。

（※）（サルスベリ（百日紅）＆蝉　　名句と迷句 − 里山で出会った風景
（goo.ne.jp）

１０月：犬たで（イヌタデ）

─犬も好きな赤まんまと思っていましたが・・・！?─

上から眺めた犬たでの群。花穂の赤と葉の緑が美しく調和します。

　10月に入り新型コロナ感染は静かになり、穏やかな秋の日が続いています。このままコロナが収束してくれれば言うことはないのですが・・・。

　さて今月は蓼（たで）です。今回の主役である犬たで（犬蓼：イヌタデ）はどこでも見かける雑草ですので、普段あまり気に留めませんが、よく見ますとなかなか美しい姿形をしています。しかも蓼には他にも、柳たで（柳蓼）、桜たで（桜蓼）など種類も多く、格段に美しい花を咲かせるものもあります。そこで 10 月号は犬たでを中心として同じ仲間のおお犬たでや柳たでを、11月には花の美しい桜たでを中心に話を進めます。

　犬たでは、タデ科イヌタデ属の一年草で、草丈 20〜40cm ぐらいで道端などに群生します。直立する花穂には赤いつぼみや花が密集し、披針形の葉の深い緑に美しいコントラストを描きます。赤いつぼみを赤飯になぞらえ「赤まんま」とも呼ばれます。

私たちの友人の俳句を紹介します。

草引くや犬蓼の紅手にこぼれ

　犬たでには、つぼみも花も白いものがあり、シロバナイヌタデ（白花犬たで）と呼ばれます。白と赤の犬たでが入り混じって群生する様は、見ていて楽しくなります。

畑で育つおお犬たで

おお犬たでの花穂

　おお犬たでは、犬たでより二回り大きく、畑などに生えますと大豆などの作物よりも背が高くなります。赤いつぼみのびっしり密集した花穂はしなだれます。

柳たで

柳たでの花穂

　柳たでは、葉に辛みがあり鮎の塩焼きに添えられる蓼酢の材料として使われます。ボントクタデ（凡篤蓼）などよく似たタデもあり、見分けることはしばしば困難ですが、葉を噛むと辛いことから区別できます。花穂はしなだれて白い花が咲きます。

タデの種類は、托葉鞘の形態を比較することで見分けることもできます。托葉とは葉柄の基部あたりに現れる葉のかけらのようなもので、それが茎を取り囲むようになったものを托葉鞘と言います。筒状の托葉鞘の上端に、犬たででは長い毛が、柳たででは短い毛がありますが、おお犬たでではみられません。

イヌタデ
長毛

オオイヌタデ
無毛

ヤナギタデ
短毛

晩秋の里山で犬たでの赤が彩を放ちます。遠くの山もやさしく霞みます。

路面に美しい幾何学模様のシルエットを描く犬たでの群

漆黒の背景にひときわ赤い犬たでの群

朧気の中で林立する犬たでの群

夕陽に映える犬たでの堤。赤い帯がどこまでも続きます。

「蓼食う虫も好き好き」ということわざがあります。「辛い蓼を好んで食べる虫があるように、人の好みはさまざま」という意味でしょうか。辛い蓼とは柳たでのことで、それを食べる虫をタデハムシというそうです。私も柳たでの葉を恐る恐る噛んでみましたが、確かに口の中に辛さが残ります。この辛さが人間にも好まれ、蓼酢として鮎の塩焼きに添えられるようになったのです。

　ところで犬たで（犬蓼）という名前、どのようにして付けられたのでしょうか。犬が散歩の時に好んで臭いを嗅ぐ、犬の好む野草だから犬蓼になったと思っていました。ところが全く違っていました。犬たでの葉は柳たでと違って辛みがなくて美味しくない、だから食用として「役に立たない蓼」という意味だそうです。すなわち「イヌ」という言葉には、人間にとって有用な植物に似ているが、実は非なるもの、ニセモノで「役に立たない」という意味があります。否（いな）が変化したという説もあります。他にも「イヌムギ」、「イヌビエ」、「イヌホオズキ」、「イヌサフラン」「イヌハッカ」などたくさんあります。下の写真はイヌホウズキです。ナス科の植物で、秋から初冬にかけてナスに似た愛嬌ある花を咲かせます。ホオズキのような実が成りますが、役に立たないからイヌホオズキと呼ばれ、バカナスとも言われます。なんて気の毒な野草でしょう。

イヌホオズキの花と実

　犬は古くから猟犬や番犬として、あるいはペットとして、私たち人間にとってかけがいのない大切な伴侶でした。主人のためなら命を惜しまず敵に向かって果敢に戦う、あるいは亡くなった主人の帰りを何年も待ち続けると言った勇敢で忠誠心に富んだ素晴らしい動物です。それなのに「役に立たない」

という悪い意味で使われることには違和感を覚えます。

　しかし「犬侍」といえば臆病で卑怯な侍、「負け犬の遠吠え」は、強い人の前では何も言わず、影で悪口を言ったり威張ったりすることの意味で使われます。犬には強いものに対して卑屈になり、コソコソ隠れてしまうような臆病な一面もあります。また何の役にも立たない無駄な死に方を「犬死にする」と言います。「イヌ」という言葉に悪い意味が込められるようになったのは、人間と犬との長い付き合いの中で自然に生まれたのでしょう。犬は大切な仲間でもありますが、かつては熾烈な競争相手でもあったはずだからです。

　でも最近は違うように思います。私たちの子供の頃は、名犬リンチンチンもラッシーも憧れの的でした。現代社会において、犬や猫はペットとして多くの人の心を癒してくれます。アニマルセラピーも盲導犬もほんとうに有難いものです。人間と犬とが真の友達になったのは、人間社会が豊かになったからでしょうか。それとも人間社会の孤独化が進んだからでしょうか。

１１月：桜たで

―華麗に弾む旋律は、遠き日のピアノ・コンチェルト―

赤いつぼみとほんのり桃色がかった白い花の美しい桜たで。お正月の飾りのようです。

　さて今月は、前号に続き蓼（タデ）の仲間、サクラタデ（桜たで）です。花が大きくて美しいので、タデ科の中でも人気があります。最近は野山で桜たでの群生を見かけることも少なくなり、地方によっては絶滅危惧種に指定されています。赤いつぼみが開きますと、うっすら桃色がかった白い花になります。その姿には、何とも言えない優雅さと気品が漂います。うす桃色の花がぎっしり並んで咲く花穂が、絡み合って群生している姿を眺めますと、リズミカルな音楽を聴いているようで心楽しくなります。

群れて咲く桜たでの花。リズミカルな音楽のようです。

桜たでの一株

直立した花穂に赤いつぼみがつきます。

昔、本稿でサククラソウ（桜草）を特集した時に、短花柱花と長花柱花を勉強しました。「めしべ」の花柱の長さが「おしべ」より短く「おしべ」に隠れてしまうものを短花柱花、逆に「めしべ」の花柱が長く「おしべ」より高く突出するものを長花柱花と言い、サクラソウでは自己受粉を防ぐためにこのような構造になっています。ところが「桜たで」の花も同じような構造になっていて雄花、雌花と呼ばれます。桜たでの花柱は、通常先端が３本に分裂しますが、花柱が「おしべ」より短いものがあり、ちょうど短花柱花のような構造になっています。しかしそれは「めしべ」の退化によるもので結実することはなく、雄花と呼ばれます。逆に花柱が「おしべ」より長いものは雌花と呼ばれます。桜たでは、雄花、雌花が同一個体に現れない雌雄異株ですが、今回私が写真を撮った桜たでの群生では、すべて雄花ばかりで、雌花を見つけることができませんでした。

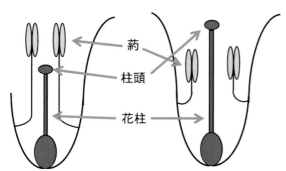

サクラソウの短花柱花と長花柱花

桜たでの雄花

桜たでの花にはたくさんの虫が集まります。
右は蜜蜂、下は蛾の仲間でしょうか。

　サクラタデによく似ていますが、つ
ぼみも花も真っ白で、シロバナサクラ
タデ（白花桜たで）と呼ばれます。花の
大きさは、桜たでより一回り小ぶりで
すが、清楚な純白の花をたくさん咲か
せます。

話は変わりますが、今年（2021年）の第18回ショパン国際ピアノコンクールでは、反田恭平氏が2位、小林愛美氏が4位と日本人が大活躍しました。日本人が2位に輝いたのは、1970年の第8回コンクールの内田光子氏以来、実に51年ぶりのことです。ショパンコンクールは5年に1度開催されますが、その前の1965年の第7回コンクールで、これも日本人として初めて4位入賞を果たしたのが、中村紘子氏(1944—2016年)です。若干21歳の史上最年少受賞ということで、ずいぶん話題になりました。私が高校生の頃です。

　中村氏は、幼いころよりピアニストとしての頭角を現し様々な賞を受賞、16歳の頃にはNHK交響楽団初の世界ツアーのソリストに抜擢され、振袖姿で演奏して話題になりました。そんな中村紘子さんのリサイタルが津市の三重県文化会館であるというので、今は亡き友人と一緒にいそいそと出掛けました。私は大学生、季節は春の終わり頃だったでしょうか。当時の文化会館は津城の隣にあり、現在の立派な総合文化センターとは違って小さな建物でした。曲目はショパンのピアノ協奏曲第1番、ショパンコンクール本選の課題曲の一つです。オーケストラ演奏は読売交響楽団でした。夜もとっぷり暮れた頃、演奏が始まりました。私はショパンのピアノ曲は時々聴いていましたが、協奏曲を、しかも生演奏で聴くのは初めてで、とても緊張しました。その時中村さんがどのような服装をしていたか忘れましたが、とても艶やかであったような気がします。そして何よりもその華麗で力強い演奏、交響楽団との抜群のアンサンブルに圧倒されました。第1楽章、第2楽章ともに旋律が美しく素晴らしいのですが、特に私の好きなのは第3楽章です。リズム良く弾むような旋律は、華美に溺れることなく、心の中から自然に湧き出た

「天使の音楽」のような気がします。ちょうどモーツアルトの音楽のように・・・。あっという間に演奏は終わりました。満員の観衆からは拍手が止みません。他にも数曲演奏されたと思

いますが、覚えているのはこの曲だけです。興奮の冷めやらぬまま会場を出て、会場前の大通りの歩道を、友人と二人、大勢の人たちに混じって歩いて

いました。するとその時です。一台のタクシーが車道を通りかかりました。当時はまだ街灯も少なく、暗くて中の様子がよく分かりません。たまたま対向車が来たのでしょうか、ヘッドライトの灯りに一瞬車内が明るく照らされて、乗っている人の横顔が見えました。間違いなく中村紘子さんでした。

タクシーでホテルまで帰られるのでしょうか。すぐに元の暗闇に戻りましたが、暗い中に一瞬垣間見た中村紘子さんの横顔、その印象はあまりにも強烈で驚きでした。田舎で生まれ育った私にとって、国際的にも有名な都会育ちの女流ピアニストです。憧れの雲の上の人です。友人も私も、すっかり興奮してしまい、タクシーが国道で左折して消えるまで呆然として見送っていました。翌朝、早速レコード店へ飛んで行きました。中村紘子、ショパンのピアノ協奏曲第一番、ありました。しかもオーケストラは読売交響楽団です。

昨夜と一緒です。私はためらいもなく LP を買いました。それから何度聴いたことでしょうか。まさに針が擦り切れるほど聴きました。かくして私の青春時代の大切な一曲となったのですが、はるか遠い昔、もはやセピア色となってしまった大切な思い出です。

　今回、桜たでの赤いつぼみとうす桃色の白い花が、複雑に入り組んで咲いている様子を撮影していて、そのさりげなく美しく、流れるような躍動感に、第 3 楽章の旋律を思い浮かべていました。人の心を楽しく弾ませてくれるのが、ショパンのピアノ協奏曲第 1 番であり、桜たでの美しい花の群れでもあります。

　中村紘子さんのご主人は小説家の庄司薫氏、国内外での演奏会は 3,800 回を超え、日本を代表するピアニストとして活躍しましたが、2016 年に大腸がんのために亡くなられました。享年 72 歳。そういえば不世出の大女優、オードリー・ヘップバーン（1929-93 年）も 63 歳の若さで大腸がんのためこの世を去っています。

　私は健診に来られた女性の方には、いつもこう話します。「女性のがん死亡の原因で最も多いのが大腸がんです。60 歳を過ぎたら 2〜3 年に 1 度でいいから、大腸ファイバー検査をお受けください。それが大腸がんを早期に発見して治療する最善の方法ですから」。

１２月：晩秋

—弱まりゆく光に黒い影、傾いた陽光の演出する里山風景—

傾いた陽光に照らされた雑木林の紅葉が光輝き、山々の黒い影の中で浮かび上がります。遠くに小さなスポットライトを浴びた竹林が見えます。晩秋の里山風景です。

　年の瀬とともにオミクロン株は異常な勢いで拡大しています。これからどうなるのでしょうか、そんな不安な気持ちに呼応するかのように、里山では陽の光が衰退します。晩秋の里山は、傾いた太陽により弱々しく照らし出されて光輝く景物と、背側の山々や様々な風物が投げ掛ける黒い大きな影が交錯します。弱まりかけた陽光と黒い影が織りなす晩秋の里山風景、いずれも拙い写真ですがご覧ください。

晩秋のある日、新しく造成された団地の斜面を彩るハゼの木の紅葉。遠くの空の雲が
印象派絵画を彷彿とさせます。

さて 2021 年も、瀬戸内寂聴さんはじめ国民に愛された多くの方々が亡くなられました。謹んでご冥福をお祈り申し上げます。そのなかで、私にとって思い出深い人は、坂本スミ子（1936-2021 年）さんです（以下敬称略）。私たちが小学生の頃、人気番組であった NHK の「夢であいましょう」の主題歌を子守歌のようにやさしく歌ってくれました。

夢であいましょう
永六輔作詞、中村八大作曲

夢であいましょう
夢であいましょう
夜があなたを抱きしめ
夜があなたに囁く
うれしげに　悲しげに
楽しげに　淋しげに

　私は、「うれしげに　悲しげに　楽しげに　淋しげに」の歌詞に妙に惹かれました。逢いたい人に夢の中で会うのに「うれしげに」「楽しげに」は分かりますが、「悲しげに」「淋しげに」はどういうことだろう、子供心に不思議に思ったものでした。

　もう一つは彼女のヒット曲の一つ「夜が明けて」（なかにし礼作詞、筒美京平作曲）です。私は中学時代、ラテン音楽、特にフォルクローレと呼ばれる南米各地の民族音楽をよく聴いていました。なかでもアンデス地方の「花祭り」が好きで、軽快でテンポの良い旋律でありながら、どことなく哀調を帯びているところに魅せられました。「夜が明けて」には「花祭り」に似たメロディとリズムがあり、作曲者の筒美京平もフォルクローレを意識して作ったそうです。彼女がもともとラテン歌手だったことも良かったのでしょう。私が初めてこの曲をラジオで聴いたのは、社会人になってからのことでしたが、何か懐かしい曲を聴いたような気がして、それ以後、私がカラオケで歌う定番の曲となりました。

　しかし坂本スミ子と言えば何と言っても、1983 年第 36 回カンヌ国際映画祭でグランプリ（パルムドール）を受賞した映画「楢山節考」で主演したことでしょう。飢饉などで食糧難となり、一家の食い扶持を減らすために老人

を山へ捨てる姨捨物語です。当時 40 代の彼女は 30 歳ほど年上の「おりん」婆さんを演じるために、前歯を削ったそうです。

　原作は深沢七郎（1914-87 年）、山梨県に生まれ、旧制中学を卒業後、ギタリストとして演奏活動を続けながら小説を書き、42 歳(1956 年)の時に「楢山節考」で第 1 回中央公論新人賞を賞しました。その後、農場で暮らしたり今川焼屋を営んだりしながら、「笛吹川」「東京のプリンスたち」「みちのくの人形たち」など多数の小説を上梓しました。

　私たちの大学生の頃はヒッピー文化全盛で、深沢七郎の常識や型にはまらない自由な生き方は多くの若者の共感を集め、教祖のように慕う友人までいました。私はそこまでのめり込めませんでしたが、「楢山節考」には興味があって読み始めました。しかし最初の数ページが単調で、なかなか小説に入って行けません。短編小説なのに途中でリタイアです。二度ほど挑戦しましたが、いずれも挫折に終わりました。それから 50 年、今回再挑戦することにしました。今度こそは、と意気込んで読み始めたのですが、やはり最初が退屈です。小説へ没入できません。それでも今回は我慢して読み続けました。すると、どうでしょう。中盤には「おりん」婆さんや家族、村人たちの行動や心理がきめ細かくダイナミックに描かれ、終盤の「おりん」婆さんが息子の辰平に背負われて楢山へ登っていく場面では、その緊迫感と迫力ある情景

描写に圧倒されました。これは凄い小説だということを初めて知りました。

　中央公論新人賞の審査員を担当した三島由紀夫は、こう記しています。「はじめのうちは、なんだかたるい話の展開で、タカをくくつて読んでゐたのであるが、五枚読み十枚読むうちに只ならぬ予感がしてきた。そしてあの凄絶なクライマックスまで、息もつがせず読み終ると、文句なしに傑作を発見したといふ感動に搏たれたのである」。三島由紀夫も同じように感じていたことを知って、少し安心しました。他にも正宗白鳥、武田泰淳、伊藤整など名だたる作家や評論家から絶賛され、現在も読み継がれている名作です。

　映画化は 2 度行われました。1 度目は 1958 年、木下恵介監督、田中絹代、高橋貞二主演です。私が小学校 3 年生の頃でしょうか、当時この映画は、「二十四の瞳」や「喜びも悲しみも幾年月」などのヒューマニズムあふれる映画で人気を博した木下作品とのことで大評判となり、私は父に連れられ名古屋の封切館まで見に行きました。その頃名古屋の地下街には、靴磨きや戦争被災者の人たちがいっぱい並んでいて、子供心に驚いたのを覚えています。映画の内容はまったく覚えていませんが、当時としてはめずらしいカラー作品で、色彩の美しかったことだけ印象に残っています。

　2 度目は 1983 年、今村昌平監督、緒方拳、坂本スミ子主演で、カンヌ映画

田中絹代の「おりん」婆さん

祭でパルムドールを受賞した作品です。私は30代、映画館で観ました。この2作品、どちらも一度は観ているのですが、ほとんど記憶にないこともあり、比較してみたいという気持ちもあって、今回改めて両方とも見直しました。

　まず木下作品です。驚いたことに、この映画はすべてスタジオ内のセットで撮影されています。楢山などの遠景はすべて描かれたものです。歌舞伎の手法を用い、浄瑠璃と三味線が流れ、日本の古典芸能の様式に沿った映画仕立てになっていて、この映画にかける木下監督の意気込みが感じられます。ヴェネツィア国際映画祭に出品し惜しくも賞は逃したものの、有名な評論家フランソワ・トリュフォーが絶賛したそうです。

　一方の今村作品ですが、監督独特の人間の性と業の描写を織り交ぜ、多少のユーモアも加えて、

坂本スミ子の「おりん」婆さん

「おりん」婆さんとその家族、村人たちを、ありのまま生き生きと描いています。

　この物語では、「老醜」「棄老」「貧困」「食糧難」「村の掟」などといった重いテーマが扱われています。近所の家の父が他家の食料を盗もうとして捉えられ、村の掟により、幼い子供たちも含め家族全員が生き埋めにされるというむごいシーンもあります。「おりん」婆さんの幼馴染で同じ年の隣家のお爺さんは、楢山へ登るのを嫌がって逃げ回り、最後は息子に紐でぐるぐる巻きにされて楢山途上の谷底へ突き落とされます。ややもすれば「悲惨さ」や「残酷さ」が前面に出て来そうな筋書きですが、そうさせないのが「おりん」婆さんの存在です。70歳になる「おりん」婆さんは、隣のお爺さんとは違って自らお山へ行くことを希望し、山の神に会えることを楽しみにしています。出発の日までに、自分の家族や近所の人達にいろいろ気配りをし、自分の知っていることをすべて教え、持っているものを与えます。そして出発の朝、二の足を踏む息子を急かし背負われて山へ登りますが、その顔には悲壮感や

未練はありません。穏やかな眼差しで、歩を緩めがちな息子を手のひらで合図して急がせます（山へ入ったら喋ってはいけないことになっているからです）。山頂近くなって人骨の散乱する場所に着き、「おりん」婆さんはその一角に正座します。すると雪が降って来ますが、お山に上がった日に雪が降ると運が良いそうです。雪の降る中、合掌し瞑目する母親の姿に後ろ髪を引かれながら、辰平は山を下ります。

　お山へ登る「おりん」婆さんの迷いのない一途な姿を見ていますと、私たちは「可哀想」というよりも「清々しさ」「頼もしさ」のようなものを感じます。その「おりん」婆さんを、田中絹代も坂本スミ子もそれぞれ見事に演じました。田中絹代の「おりん」婆さんは、彼女も前歯を抜いて臨んだそうですが、昔ながらの上品で美しく老いた女性で、映画に流れる日本の古典的様式美の中で、物語の純粋性、透明性を高めています。一方、坂本スミ子の「おりん」婆さんは、人の好いしっかり者のお婆ちゃんで、人間らしく愛らしく描かれています。この二人の「おりん」婆さんに、息子辰平の母に対する愛情が重なって、両作品とも見終わった後は、悲劇というよりも、ほのぼのとした温かい人間劇のように感じます。

お墓に立つ冬枯れの木。風になびく枝が鬼気迫ります。何の木でしょうか？

「楢山節考」は信州の「姨捨伝説」をもとに書かれた小説で、古くは平安時代の「大和物語」に登場します。そこには、信濃更科に住む男が、妻にそそのかされて、育ての親である老婆（伯母）を山へ捨てて来ますが、家へ戻ったら心配になり翌朝連れ戻したとなっていて、決して親を捨てない、親子の情愛が述べられています。

　「姨捨伝説」の舞台は、長野県千曲市近くにある冠着山（かむりきやま）です。標高1252mの山の麓には、JR篠ノ井線が走り姨捨駅があります。駅の近くに広大な姨捨の棚田が拡がり、月夜には棚田のそれぞれに月が美しく輝き、「田毎の月」として古くから親しまれてきた名勝です。その長野県に伝わる民話「姨捨山」を紹介します。

　昔、年寄の嫌いな殿様が、「年寄は60歳になったら山へ捨てること」というおふれを出しました。ある日、若い男が60歳になった母親を背負って山を登っていきます。道中、背中の母親が「ポキッ、ポキッ」と木の枝を折っているので尋ねると「お前が帰る時に道に迷わないためだ」と言います。こんなやさしい母親を捨てることはできないと家へ連れて帰り、隠します。しばらくして殿様は、隣国の殿様から様々な難問を投げ掛けられ、それに答えられなかったら攻撃すると脅かされます。困った殿様は領民に答を求めますが、すると年老いた母親が全問見事に答えました。それを聞いた殿様は心を改め、以後年寄を大切にするようになったそうです（長野県の民話「姨捨山」を要約。長野県のホームページより）。

　全国のいろいろなところに「姨捨伝説」は残っていますが、実際に棄老が行われたという史実はどこにもないそうです。逆に大和物語や長野県の民話のように、年老いた親を思う子の気持ちを讃える話が多いようです。人間はどんな厳しい状況下に置かれでも、残酷や非情に徹し切れないということでしょうか。これは嬉しいことです。

　そして私は今思っています。残された時間を充実したものとするために、「おりん」婆さんのように生きて行きたいと・・・。誰にも迷惑をかけず、他人にやさしく、何かを信じて一途に・・・。

カーテンコール。今年の舞台を無事終えた老優たちは、最後の挨拶をしています。
来年もよろしく。

193 ページの鬼気迫る冬枯れの木ですが、春になると美しい花を
咲かせました。しだれ桜でした。

新型コロナ感染顛末記

　本書に掲載されています随想は、2020（令和2）年4月から2021（令和3）年12月までに桑名市総合医療センターのホームページへ連載されたものです。折しも新型コロナウイルスの第1波感染拡大が起こった頃に始まり、第6波の感染拡大が起こりかけた頃まで続いています。その間、毎号、新型コロナウイルス感染に関する最新のトピックスを綴って参りました。いずれも甚だ勉強不足の不満足な内容ですが、それらを通読していただくことにより、この未曾有のパンデミック感染症の一端でも、ご理解いただくことの一助となれば幸甚に存じます。なお次ページには、この2年半の日本における新型コロナ感染症の経緯、すなわち感染者数と死亡者数の推移と、主要な事柄の経過をまとめました。本編を読み進める上でご参照いただければ幸いにございます。

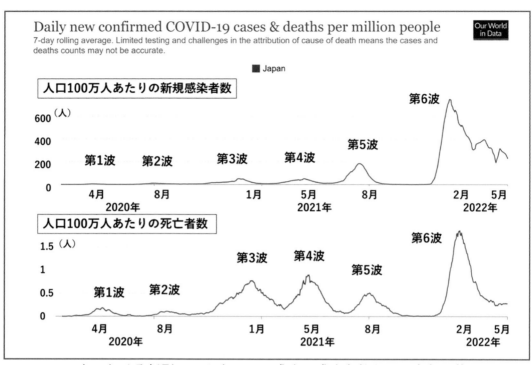

日本における新型コロナウイルス感染の感染者数と死亡者数の推移

(Our World in Data より引用、改変)

2020年	1月6日	中国武漢で原因不明の肺炎（厚労省発表）
	14日	WHO新型コロナウイルスを確認
	16日	日本で初の感染者確認
	2月3日	クルーズ船（ダイアモンド・プリンセス号）横浜入港
	2月13日	日本で初の死者
	3月～5月	第1波感染拡大
		（4月）緊急事態宣言（1回目）
	7～8月	第2波感染拡大
2021年	11月～3月	第3波感染拡大
		（1月）緊急事態宣言（2回目）
		（2月）1、2回目のワクチン接種開始
	3月～6月	第4波感染拡大（アルファ変異株）
		（4月）まん延防止等重点措置、緊急事態宣言（3回目）
	7月～9月	第5波感染拡大（デルタ変異株）
		（7月）緊急事態宣言（4回目）
		東京オリンピック、パラリンピック開催
	12月	3回目のワクチン接種開始
2022年	1月～5月	第6波感染拡大（オミクロン変異株）
		（1月）まん延防止等重点措置

日本における新型コロナウイルス感染症の経過

2020（令和2）年4月

新型コロナウイルス感染拡大第1波

　この3、4月は新型コロナウイルス感染の世界的な拡大で、どこもたいへん
でした。4月25日現在、世界200近くの国で270万人以上の人が感染し、18
万人を超える人が亡くなっています（ジョンズ・ホプキンス大学調べ）。日本
でもクルーズ船による患者も含めますと感染者は1万3千人を超え、死者も
340人を超えました。4月7日にはついに緊急事態宣言が東京、大阪、福岡な
ど7都道府県に出され、16日には全国に拡大されました。三重県では当初感
染者数は少なかったのですが、最近は漸増して25日現在45人となり、死者
も1人出ました。私たちの病院へも連日のようにコロナウイルス感染症疑い
の患者さんが受診され、そのうち数人が遺伝子（PCR）検査で陽性となり感染
症指定病院へ転院されています。現在三重県内には、8か所の感染症指定病
院に24床の感染症専用病床があり、今のところ感染者はそれらの病院へ入
院して治療を受けています。ただし、これ以上感染者が増えますと病床が足
りなくなり、私たちの病院など一般病院でも受け入れざるを得なくなります
が、それも限度を超えますと医療崩壊に繋がります。下図には日本における
1日あたりの新規感染者数の推移を示します。新規感染者は3月後半より増
え始め、4月10日過ぎにピークを迎え、その後減少に転じています。このピ
ークをもたらしたのが、
その2週間前の3連休
で、国民の気が緩み行楽
地などへ出かけたこと
が要因だと云われてい
ます。それを受けて4月
16日に緊急事態宣言が
全国に拡大されたので
すが、その効果の現れる
のが2週間後とすれば、
ゴールデン・ウィークを
挟む4月最終週から5
月第2週ということに
なります。そのため国も
地方自治体も「連休が終
わるまでは家にいるよう
に」と繰り返しています。

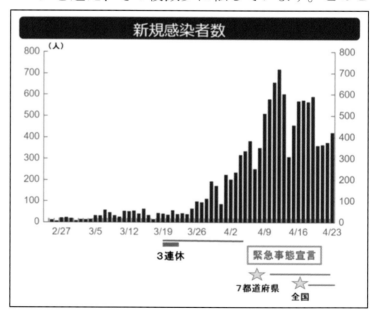

　図　新型コロナウイルスの1日当たりの新規感染者数
（Yahoo Japan ホームページより引用、改変）

　一方、死亡者数はどうなっているのでしょうか。次ページの表に、厚労省

の発表した 4 月 23 日現在における世界の主な国における新型コロナウイルス感染症の患者数と死亡者数を示します。その数字をもとに算出した死亡率を、表の最右列に示しました（感染者数と死者数を用いて単純に死亡率を算出しただけであり、あくまでも概数であります）。その死亡率で較べますと、シンガポール、ロシア、台湾の順で少なく、日本と韓国がほぼ同数の 2%強で次いでいます。医療崩壊の起こったイタリアやスペイン、フランスでは 10%を超え、イギリスも同等以上です。そこで日本において大切なことは、死亡率 2%を死守することです。医療崩壊を起こしますと死亡率はどっと増えてしまいます。今まさに瀬戸際であり、これを守ることが私たち医療側と行政の責務であります。県内では私たち

国名	患者数	死者数	死亡率
中国	82,798	4,632	5.6%
日本	11,919	287	2.4%
韓国	10,702	240	2.2%
台湾	426	6	1.4%
シンガポール	10,141	11	0.1%
米国	837,947	46,497	5.5%
カナダ	40,179	1,974	4.9%
フランス	119,151	21,340	17.9%
ドイツ	150,062	5,250	3.5%
イタリア	187,327	25,085	13.4%
英国	133,495	18,100	13.6%
スペイン	208,389	21,717	10.4%
ロシア	57,934	513	0.9%
イラン	85,996	5,391	6.3%
ブラジル	45,757	2,906	6.4%
世界全体	2,580,812	181,986	7.1%

表　諸外国における新型コロナウイルス
　　感染の現況（厚生労働省の資料を改変）

医療側も県と緊密に連絡を取って、感染者がさらに増えた場合に受け入れることのできる病院を増やすことに努めています。また桑名市では、桑名医師会が独自に PCR センターを開設し、保健所との 2 か所で PCR 検査が受けられるようになりました。

　日本における季節性インフルエンザに関連する死者数は、例年 1 万人を超える程度と推定されています。それに比べますと、今回のコロナ感染症による死者は非常に少ないのです。しかし感染者がどんどん増え続けますと、たとえ死亡率は低くても死者は増加します。そのため感染者を増やしてはいけません。私たち市民は、絶対にコロナウイルスに感染しないように、密閉、密集、密接の三蜜を避け、他人との接触をできるだけ減らすなど、細心の注意を払わねばなりません。不要不急の外出を避け、外出時にはマスクを着用し、帰宅したらしっかり手洗いすること、規則正しい食事と十分な睡眠に心掛けることが大切です。一方、コロナ感染症対策の最前線で、危険と隣り合わせに診療されている医療従事者や、患者さんの世話をしていただいている皆さん、ほんとうにご苦労様です。くれぐれも感染しないようにお気を付けください。こうして 1 か月も我慢すれば、きっとコロナ騒動は収まっていきます。もう少しの辛抱です。お互い頑張りましょう。

2020（令和２）年５月

新型コロナウイルス感染における血管炎と川崎病

　５月も中旬を過ぎ、新型コロナウイルス感染も少し収束の兆しが見えて来ました。ゴールデン・ウイークの人出により全国的に感染が拡大するのではないかと心配されましたが、国民の誰もが外出を自粛したせいでしょうか、その後も新規感染者は減少する一方です。全国に発令されていました緊急事態宣言も 14 日の 39 県における解除を皮切りに、21 日には京都、大阪、兵庫にて、さらに 25 日には東京都と近隣３県それに北海道と順次解除され、すべての都道府県で解除になりました。最悪のシナリオに進展せず、国民誰もが安堵していると思いますし、私たち医療人としても「やれやれ、まずは一安心」と胸を撫で下ろしているところです。しかし油断は禁物です。何時何処で集団感染（クラスター）が発生するか予断を許しません。

　この３か月、我慢続きの確かにしんどい毎日でしたが、貴重な体験でもありました。私たちは、三密の回避、不要不急の外出の自粛、外出時のマスク装着と帰宅後の手洗い励行、これだけをきちんとやれば、新型コロナウイルス感染は防げるということを学んだからです。私たちが規則に従い注意深く行動すれば、コロナに感染することはないということを立証してくれました。感染拡大の第２波、第３波が起こると云われていますが、これまでのように行動すれば、恐れることはありません。気分は少しリラックスしながらも、引き続き細心の注意を払って日常生活をお続けください。ワクチンが実用化するまでの辛抱です。それに特効薬が開発されれば鬼に金棒でしょう。もう少しです。

　最近、医学的に興味深い報道が２件ありました。一つは、重症の新型コロナウイルス感染症では、全身の静脈内に血栓（血の塊）を生じることが多いというものです。例えば足の静脈内に生じた血栓が血流に運ばれて肺へ進み肺動脈を閉塞しますと、急激な胸痛や呼吸困難を生じ死亡することがあります。いわゆるエコノミークラス症候群と呼ばれる肺動脈塞栓症です。軽症の新型コロナウイルス感染患者が、自宅療養中に急に状態が悪化して亡くなられたというニュースが度々流れましたが、その中にはこの病気の方が含まれていたかも知れません。また血栓がどんどん増え続けますと、体の中でそれを溶かそうとする機序が働きますが、それが過剰になりますと全身性に出血

を生じ、全身状態の急激な悪化を招きます。そのため日本血栓止血学会では、重症の新型コロナウイルス感染症の患者には抗凝固療法の併用を推奨しています。

　もう一つは欧米からの報告で、新型コロナウイルス感染症の小児では、川崎病に似た症状を呈することが多いというものです。これに対し日本川崎病学会は、「日本や韓国などの近隣諸国では、今のところそのような症例はみられない」とコメントしています。どちらが正しいのか、さらに症例を積み重ねて検討する必要がありますが、この川崎病、いったいどのような病気なのでしょうか。

　川崎病は、1967 年に日本の小児科医、川崎富作先生が発見された病気で、日本人の名前の付いた数少ない病気の一つです。日本やアジアに多いと云われ、発熱、発疹、両側の眼球結膜の充血、手足の発赤や腫脹、リンパ節腫大、解熱後に手足の皮膚が剥げるなどの症状があります。これだけなら「はしか」や手足口病など通常の小児急性感染症と大差はないのですが、この病気の特異的なことは、全身の動脈に血管炎を生じることです。ウイルスや細菌の感染が引き金となって免疫機能に異常が起こり、自身の血管を攻撃して血管炎を起こすと考えられています。とくに冠状動脈（心臓の筋肉へ血液を送る動脈）には高率に動脈瘤や狭窄を生じ、それが血栓などにより閉塞しますと、心筋梗塞を起こし突然死することもあります。心筋梗塞と云えば成人の病気ですが、子供でも起こることがあるのです。私は若い頃、心血管造影や心エコー検査などにより小児心臓病の診断を専門としていましたので、川崎病の子供さんの冠状動脈造影を多数施行しました。図1は、川崎病の9歳女児の血管造影像ですが、右冠状動脈の起始部にひょうたん型の大きな動脈瘤がみられます。このような動脈瘤は、その後の経過観察で消失して正常に戻ることもありますが、図2のように完全閉塞することもあります。川崎病が発見された当初、冠状動脈の拡張や動脈瘤は高率にみられましたが、血管炎の治療に免疫グロブリン大量療法が用いられるようになってからは激減しました。

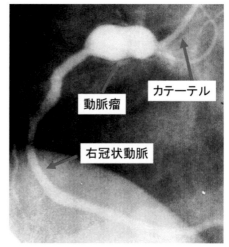

図1　右冠状動脈瘤

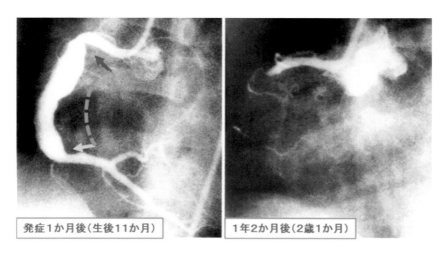

発症1か月後（生後11か月）　　　1年2か月後（2歳1か月）

　図2、生後11か月の乳児。川崎病発症1か月後に行った血管造影（左図）では、右冠状動脈の広い範囲に拡張がみられます（赤と黄の矢印の間）が、1年2か月後の再造影（右図）では、赤矢印の部位で完全閉塞していました。

　もし小児の新型コロナウイルス感染と川崎病が関連するのなら、そのような子供では血管炎を生じている可能性もあります。血管炎を起こしますと、動脈瘤の形成だけでなく血栓ができやすくなるため、重症化することも考えられます。それを防止するために、川崎病での治療経験が役立つかも知れません。このように新型コロナウイルス感染症そのものの実態が少しずつ分かって来ました。さらに解明が進めば、根本的な治療薬の開発や重症化を防ぐための治療法の発見に繋がるものと期待されます。

2020（令和2）年6月

新型コロナウイルス感染と再生産数

　この6月も日本列島は新型コロナウイルス感染一色でした。4月15日に全国に拡大された緊急事態宣言は、患者数の減少とともに5月25日には全面的に解除され、6月には他県への移動制限も緩和されました。その後、新規感染者はさらに減少し、全国的には散発的に発生するだけになりましたが、東京だけがくすぶるように20人台を維持し、どうなるものかと心配していました。案の定、その後日が経つにつれその数は増加し6月下旬には50人を超え、7月に入るや否やとうとう100人以上になってしまいました。東京に

隣接する県でも後を追うように患者数が増え始め、早くも第2波の拡大が訪れたのではないかと、予断の許さない状況が続いています。

　ところで再生産数（reproduction number）という言葉をご存知ですか。最近時々耳にしますが、どのような意味でしょうか。再生産数とは、ある病原体を有する一人の感染者が、直接何人の人に感染させるかという数字です。もし2人に感染させるとすればその値は2となり感染は拡大していきます。逆に1より小さければ収束していくことになります。今、ある病原体の保菌者が、その病原体に対する免疫を持たず、感染を予防する対策も講じられていない集団の中へ入って行ったとします。その時の感染状況を示す値を基本再生産数（R_0）と云いますが、これはその病原体の感染方法や感染力の強さに依存するということができます。主なウイルスのR_0値を右表に示します。

感染経路	病原体	Ro
空気感染	麻疹	12-18
	百日咳	12-17
飛沫感染	風疹	5-7
	インフルエンザ	2-3
	新型コロナウイルス	1.4-2.5

主なウイルスの再生産数（R_0）

空気感染をする麻疹や百日咳では、飛沫感染をする風疹やインフルエンザに比べ数倍高くなります。新型コロナウイルスでは今のところ1.4-2.5と云われています。しかし実際の社会では、マスクの着用や三密の回避、さらにワクチンの投与などの予防対策が講じられますので、その値は一般に低下します。それを実効再生産数(Rt)と云います。そこで、この1月から5月までの日本おける新型コロナウイルス感染の状況を、この Rt 値を用いて振り返ってみます。次ページの図をご覧ください。黄色の棒グラフは患者数、その下方にある黒い部分が海外からの流入患者数です。青い曲線が Rt 値の推移を示し、Rt=1のところに横線が引かれています。日本では患者数の少なかった1月下旬から3月上旬までの間は、Rt の値は1を超えて大きく変動しています。これは諸外国では次から次へと爆発的に患者数が増えたのに、日本では入国制限をしていなかったため、感染者の流入により感染拡大の恐れのあったことを示しているのでしょうか。日本での患者数が急速に増え始めた3月上旬以降はRt 値も上昇し最高で3近くにまで達しています。その前後より、一斉臨時休校、イベント自粛、入国制限強化、緊急事態宣言などの措置が次から次へと講じられ、4月入ってRt は1を下回るようになり、5月の連休ま

で続きます。このままで行けば感染は収束していくことになり、政府の講じた対策は一応効を奏したことになります。この Rt 値を 1 以下にすることが新型コロナウイルス感染を制御する目安になるということで最近注目され、東洋経済 online は web 上で全国および各都道府県の毎日の Rt 値をリアルタイムに表示しています。それによりますと、4 月以降 1 以下となった全国の Rt 値は、5 月に入って再び緩やかな増加に転じ 6 月を過ぎて 1 を超え、7 月 2 日時点で 1.64 となりました。これは 7 月に入り首都圏だけでなく大阪や京都、兵庫などでも再び新規患者が増え始めたことによります。ちなみに同日の各地の Rt 値は、東京都 1.46、大阪 1.84、三重県 0 です。このままですと、そう遠くないうちに第 2 波の感染拡大が起こるかも知れません。それを何とか防止しなければなりませんが、そのために私達が心がけることは、まずマスク着用と手洗いの励行です。これは言うまでありませんが、同時に自分の居住地や移動しようとする地域の Rt 値をこまめにチェックし、その値に応じて三密の回避や不要不急の外出の自粛など、取るべき行動を自ら決めることも大切なのかも知れません。

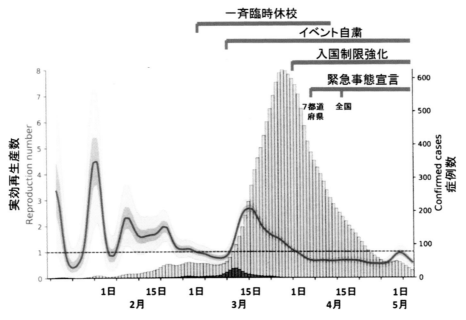

日本全国の新型コロナウイルス感染症の患者数と実効再生産数
（新型コロナウイルス感染症対策専門家会議 資料「新型コロナウイルス感染症対策の状況分析・提言」（令和2年5月29日）より引用、改変）

2020(令和2)年7月

第2波感染拡大と三重県内医療機関へのアンケート調査

　7月に入り、再び新型コロナウイルス感染症が拡大して来ました。初めは東京や大阪が中心でしたが、またたく間に愛知や福岡、沖縄へと拡がり、今や全国的な感染拡大となりました。第2次の感染拡大と言っても間違いないでしょう。私たちも、秋から冬にかけての到来を予想していましたが、余りにも早く来たことに驚いています。三重県でも1日あたりの新規感染者数は、7月下旬に入って急速に増加して月末には10人を超え、8月5日には過去最高の24人を記録、累計患者数も200人を超えました。患者さんの入院も、前回の感染拡大時には感染症指定病院7か所で何とかなりましたが、現在は県内16を超える病院で担っています。もちろん私たちの病院にも常時6、7人の患者さんが入院され、緊張した診療が続いています。いよいよ第2次の感染拡大、不穏な日が続きます。ただし前回の拡大時と比べますと少し様相が異なるようです。図1をご覧ください。最近5か月間における全国の新規感染者数と重傷者数の推移を示したグラフです。これによりますと、前回の感染拡大期に比べ今回は、感染者数はぐんと増えていますが重症者数は余り増加していません。これには3つの要因が考えられます。

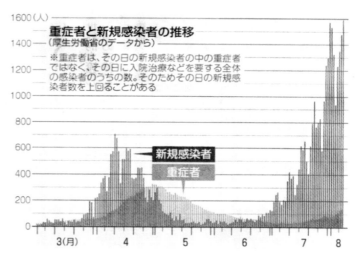

図1　全国における重症者と新規感染者の推移
（中日新聞8月9日の記事より引用）

1）今回は若い人の感染が多く、重症化しやすい高齢者の感染が少ないこと。しかし最近では高齢者の感染も増えており、予断は許せません。

2）ウイルスが変異を起こして弱毒化したという説。イタリアより発表されましたが、まだまだ科学的に立証する必要があるそうです。

３）本疾患に対する治療法が進歩し重症化し難くなったこと。今までに本感
　染症に対して効果のあった治療法が世界中からどんどん報告されており、
　現場の医師達はそれを参考にして治療にあたっていますので、これは確か
　かも知れません。

　いずれにせよ、やっかいな今回の感染拡大、お盆休みも吹っ飛んでしまい
ました。いつ収まるのでしょうか？あるいはこのまま続いて冬になり、インフ
ルエンザと一体になって、さらに猛威を奮うのでしょうか。気になるところ
です。

　そこで前回勉強しました再生産数（1 人の感染者が何人の人に感染させる
かという数。1 以下になれば感染は収束していくことを示します）を調べて
みました。表1 は、今回の感染拡大において感染者数の多い都道府県と三重
県における再生産数を、ピーク時と 8 月 8 日の時点で比較したものです。
8 月 8 日の再生産数は、いずれの自治体でもピーク時より減少し、とくに愛
知や沖縄では激減しています。また大阪では１を切り、東京、愛知でも限り
なく１に近づいています。ということは、東京、大阪、愛知では感染拡大は
収まっていくのでしょうか。ほん
とうであれば、これほど嬉しいこ
とはありません。一方、三重県では
まだ 2 を超えていますが、これは
感染拡大の始まる時期が遅かった
ため、今後遅れて減少していく
ものと思われます。再生産数に示
される喜ばしい数字、再び上昇に
転じないことを祈るのみです。

	ピーク時		8月8日
東京	7月4日	1.61	1.06
大阪	7月4日	3.72	0.99
愛知	7月19日	10.9	1.01
福岡	7月23日	3.63	1.73
沖縄	7月25日	13.19	1.6
三重	7月18日	4.42	2.15

表1　各自治体における再生産数
（東洋経済 online から引用）

まさに再生産数様への神頼み、どうぞよろしくお願い致します。

　話は変わりますが、三重県病院協会では、県内の 90 医療機関を対象に、こ
の春の新型コロナウイルス感染症により診療や経営面においてどの程度影
響を受けたかアンケート調査を行いました。70 病院から回答（回収率 78%）
を得ましたので、その集計結果の概要を簡単に報告致します。

まず病院を2群に分けます。新型コロナウイルス患者が入院した感染症指定病院と、本症の疑われる患者の外来診療を行う帰国者・接触者外来を設置した病院、すなわち直接患者の診療にあたった病院をA病院群、それ以外の一般病院や精神科病院をB病院群とします。また診療や収支の増減は、今年4、5月の実績を、昨年の同期と比較したものです。

1）診療における影響

・大多数の病院において、今年の外来患者数、入院患者数、手術件数、救急患者数の実績は昨年よりも10〜30%減少し、とくにA病院群で顕著な傾向にありました。B病院群でもかなりの減少をみましたが、これは市民の皆さんの病院控えが影響したように思われます。

・診療実績の減少は、病床数の少ない小規模病院でも大規模病院と同じようにみられました。

・外来患者の減少の方が入院患者の減少よりも大きい傾向にありました。

2）経営における影響

・病院収益は90%の病院で減少し、0%から20%までの減少を示した病院が3/4を占めました。この減収は、病院の種類や規模に関係なく、ほとんどの病院で同じようにみられました。

・一方、病院経費については、減少しなかったと回答した施設が30%もあり、また減少した病院でも10%以内であったのが半数を占めています。

・以上の収支の結果は、収益は大きく減少したが、経費は余り減らなかったことを示しています。経費に関しては、診療材料費は減少したものの人件費は変わらず、感染対策や医療材料などの買い置きに要した費用などがかさみ、経費が減らなかったものと推測されます。

・その結果、どの病院においても収入より支出が上回り、苦しい経営状況に陥っています。

3）職員の待遇

・今夏の賞与は8割以上の病院にて現状維持で、ことにA病院群では、すべての病院で据え置かれました。

・それにもかかわらず、退職者や休職者あるいはそれを希望する職員は、1施設で1ないし2人いただけでした。

2020（令和2）年8月

第2波感染拡大とインフルエンザなどとの症状の差異

　今年の夏は、酷暑にコロナ禍でたいへんでしたが、如何お過ごしでしたでしょうか。猛暑の中、旅行や外食などの外出自粛により、悶々として家の中で過ごされた方も多かったのではないでしょうか。ほんとうに今までに経験したことのないような夏でした。6月末頃より始まった新型コロナウイルス感染拡大の第2波は、8月上旬にピークを迎え、以後徐々に鎮静化していきました。三重県では少し遅れて始まりましたが、三重大医学部の学生や鈴鹿市の病院などで大きなクラスターが発生し、新規感染者の数は急速に増加しました。県内にはコロナ患者さんの入院を受け入れる病院が20数施設ありますが、一時は病床数が足りなくなるのではないかと心配されたほどです。幸い9月中旬に入って状況は落ち着いています。

　ところで今回の第2波ですが、第1波に比べ状況が少し違っているようです。一般的には、第2波では若い人の感染が多いため無症状や軽症者が多く、死亡率も低いと云われています。私たち医療の現場にいる者からみても、確かにその傾向にあるように感じます。しかし、気になるのは高齢者です。70歳以上の高齢者でも、同じように重症者が少なく死亡率が低いのでしょうか？そこで厚生労働省のホームページで、新型コロナウイルス感染症対策アドバイザリーボードの会議の資料をもとに調べました。

　まず感染者数全体に占める70歳以上の高齢者の割合です。8月24日の会議の資料では表1のようになっています。第2波の感染者数は第1波に比べ3倍近くになっていますが、70歳以上の高齢者の割合は、1/3ほどに減っています。これは若い人の感染者が増えているということです。

感染者数	第1波 (1/16-5/31)	第2波 (6/1-8/19)
全体	16,784人	41,472人
70歳以上	20.30%	8.80%

表1　第1波と第2波における
新型コロナウイルス感染者数

　それでは死亡率はどうなっているのでしょうか。表2をご覧ください。9月10日の会議で提出された資料に基づくもので、第1波と第2波で調整致命率を比較したものです。調整致命率とは、一定の定義に基づいて診断された症候群において追跡期間中に発生する死亡リスク

を示す数字だそうです。これによりますと、第２波では第１波に比べ、全年齢、69歳以下、70歳以上、いずれの群においても調整致命率は著明に低下しており、70歳以上の高齢者でも 1/3 ほどに低下しています。これは検査体制の拡充などにより比較的健康な高齢者の感染例が見つかるようになったこと、治療法が進んだことなどによるものと言われています。

	直近1か月間累積		
	全年齢	0-69歳	70歳以上
5月31日時点 （第1波）	7.2% (6.5-7.9)	1.3% (1.0-1.7)	25.5% (23.3-27.8)
8月30日時点 （第2波）	0.9% (0.8-1.1)	0.2% (0.1-0.2)	8.1% (7.1-9.2)

表2　新型コロナウイルス感染症の
第1波と第2波における調整致命率

　9 月も中旬になりますと朝夕は涼しくなり、ずいぶん過ごしやすくなりました。酷暑に痛めつけられた私たちの体にとって、とても有難いことです。と同時に心配されるのが、新型コロナ感染症と症状のよく似たインフルエンザや風邪の流行です。「風邪かな？」と思った時、誰でも新型コロナウイルス感染を心配されると思います。インフルエンザや風邪と、どのようにして区別したら良いのでしょうか。そこで症状の主な違いを表3にまとめました。

	発症までの期間	症状	
		症状の種類	持続期間
インフルエンザ	1〜3日	急な発熱、悪寒、関節痛	3日前後
新型コロナウイルス	5〜6日	風邪症状 （発熱、鼻づまり、喉の痛み、咳など）	7〜10日
風邪		風邪症状 （発熱、鼻づまり、喉の痛み、咳など）	3日前後

表3　三疾患の主な症状

　まずインフルエンザです。ウイルスに感染してから 1〜3 日ぐらいで、急な高熱や悪寒、関節痛が起こりますが、症状の持続期間は短く 3 日前後です。一方、コロナウイルスでは、感染後 5〜6 日で風邪症状（発熱、鼻づまり、喉の痛み、咳など）が現れ、1 週間から 10 日ほど続きます。その後、症状が軽快する人と、肺炎などを併発して重症化する人に分かれます。また通常の風邪も、新型コロナウイルス感染と同じような症状を呈しますが、持続期間が3 日前後と短いのが異なるところです。

　すなわち急に発熱、悪寒、関節痛などを来したらインフルエンザ、とくに関節痛の強い場合には可能性が高いでしょう。一方、いわゆる風邪のような

症状が、ずるずると1週間以上も続く場合には、まず新型コロナウイルス感染を疑います。通常の風邪では1週間続くことはありません。もちろん三者を明確に分けられるものではありませんが、一応の目安になると思われます。

そろそろインフルエンザの予防接種が始まりますが、必ずお受けください。とくに肺疾患や高血圧、糖尿、高脂血症などの合併症を有する高齢者では必須です。また肺炎球菌ワクチンも、新型コロナウイルスなどの二次感染による肺炎を防止するために、受けておかれることもお奨めします。「備えあれば憂いなし」、高齢者にとってはきわめて大切なことです。

2020(令和2)年9月

集団免疫獲得説とウイルス干渉

7月、8月と全国的な感染拡大をもたらした第2波も、9月に入って鎮静化しました。しかし三重県では鈴鹿市の病院や四日市の介護施設でクラスターが発生し緊張した状況が続きましたが、それも10月に入り落ち着きました。

ところで9月29日、世界の新型コロナ感染による死亡者は100万人を超えたという報道がありました。9か月で100万人、感染症のなかで最も死者の多い結核の年150万人に迫る勢いだそうです。WHOによりますと、世界で死者の多い国は、米国、インド、ブラジル、メキシコ、英国の順で、それらの国とアジア4か国における感染者数と死亡者数の累計を表1に示します。感染者数に関しましては、PCR検査を簡単に受けられる国とそうでない国の違いなど、各国において診断を確定するためのPCR検査の施行状況が異なりますので、一概に

	感染者数	死者数
米国	7,305,270	208,064
インド	6,623,815	102,685
ブラジル	4,906,833	145,987
メキシコ	757,953	78,880
英国	502,982	42,350
中国	91,146	4,746
韓国	24,164	422
シンガポール	57,812	27
日本	85,739	1,599

表1 新型コロナウイルス感染症における
感染者数と死者数(2020年10月5日現在)

比べことはできません。一方、死者数はPCR陽性で死亡した人の数ですので、国ごとによる差は少ないと考えられ比較可能と思われます。表2は、世界で

死者の多い国とアジア 3 国における人口百万人あたりの死者数を比較したものです（2020 年 10 月 9 日現在、札幌医大フロンティア研のホームページより引用）。世界の国々に比べアジア 3 国では桁違いに死者数の少ないことが分かります。なぜ、これだけの差があるのでしょうか。国民性や生活習慣の違いでしょうか。アジアの国々では、国民の誰もがマスクや手洗いの励行、三密を避けるなどの予防策を几帳面に守っていることが良いと云われます。ことに日本では家の中で靴を脱ぐことで清潔が保たれ、感染防止につながっているとも云われています。しかしそれだけでは説明がつかないほど、数字には大きな隔たりがあります。

国	死者数/百万人
アメリカ	642.8
イギリス	627.4
イタリア	596.8
フランス	498.2
メキシコ	644.5
ブラジル	700.8
アルゼンチン	502.5
南アフリカ	293.5
中国	3.3
韓国	8.3
日本	12.8

表 2　新型コロナウイルス感染症における人口百万人あたりの死者数

　この謎を解き明かすのに、京都大学の上久保靖彦先生らは「集団免疫獲得説」を唱えていますが、それは次のような理論です。

　新型コロナウイルスには、S 型、K 型、G 型の 3 種類があり、このなかで G 型ウイルスが毒性も感染力も強く、多くの人が死亡した恐ろしいウイルスです。武漢から直接拡散したものと、上海で変異して拡がったものがあります。他の 2 種のウイルスの特徴は下記の通りです

　S 型：毒性は弱く、G 型ウイルスに対する免疫能も高めません。逆にこのウイルスに対し形成された抗体が G 型ウイルスの感染を助長します（抗体依存性増強）。

　K 型：毒性は弱く、G 型ウイルスに対する免疫機能を高めてくれる有難いウイルスです。

　ウイルス干渉という現象があります。古くより知られているもので、2 種類のウイルスが体内に入った場合、どちらか一方のウイルスしか増殖しないというものです。日本では今年の冬インフルエンザの流行がみられませんでした。マスクや手洗いの励行が効を奏したと云われますが、それとは別に、日本には既に昨年末から S 型と K 型のコロナウイルスが入って拡がっていたために、ウイルス干渉のためにインフルエンザウイルスの増殖が抑えられたとも云われます。

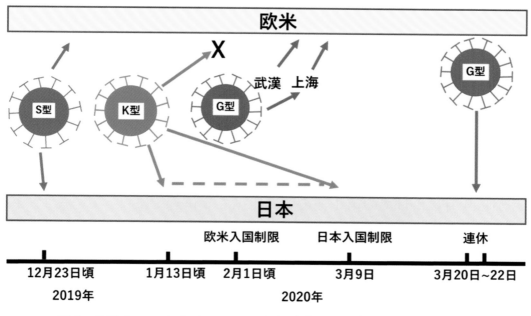

図1　3種のコロナウイルスの日本と欧米への伝播の時間的経過

　3 種の新型コロナウイルスが中国から日本や欧米へどのようにして伝播して行ったか、その経過を図1に示します。

　まず2019 年の 12 月末に S 型ウイルスが日本や欧米に入ります。続いて日本では 1 月 13 日頃に K 型ウイルスが入って来ます。その後 3 月 9 日に入国制限措置が取られるまでの 1 か月半、K 型ウイルスを保有する中国人が多数来日し、数多くの日本人が感染して自然に免疫を獲得しました。一方、欧米では 2 月初めに厳しい入国制限が取られましたので、その時点で K 型ウイルスの侵入は閉ざされ、G 型ウイルスに対する免疫能は十分に形成されませんでした。

　そして最も恐ろしい G 型ウイルスが到来しますが、欧米などでは免疫を持たない人が多く、さらに S 型ウイルスの抗体による抗体依存性増強も起こって感染者、死者ともに激増しました。

　一方、日本では G 型ウイルスは 3 月 20 日から 22 日の連休頃、欧米から渡来し第 2 波の感染拡大を引き起こしますが、既に免疫を持っている人も多く死者が少なくて済んだとのことです。入国制限措置の遅れたことが効を奏したという何とも皮肉な話ですが、この仮説が正しいとすれば有難い話です。

　今後のさらなる検討が俟たれます。

2020（令和2）年10月

欧州における感染拡大第2波と「診療・検査医療機関」の新設

　今、欧州ではたいへんなことになっています。新型コロナウイルス感染第2波の到来です。下のグラフをご覧ください。欧州における新型コロナウイルス感染症の1週間あたりの新規感染者数と死者数の推移を示したものです。感染者数、死者数ともに9月頃より急増しています。ことに新規感染者数は、3月から4月にかけての第1波の頃に比べて5倍近くになっています。1日あたりの新規感染者数でみますと、フランスで4〜5万人、ドイツでは2万人に迫る勢い、イタリアで3万人を超え、イギリスでも2万5千人前後で、いずれも過去最大となっています。日本で最も多かったのは、第2波の頃の8月上旬で2千人ほどでし

たから、それに比べますと桁違いに多いことが分かります。一方死者数は、今のところ第1波の頃の半数以下に留まっています。このままで推移しますと、日本と同じように感染者数が増えても死亡者は少なくなる、すなわち死亡率の低下する可能性があり、今後の動向が注目されます。感染者の増加を受けて欧州各国では、この11月より

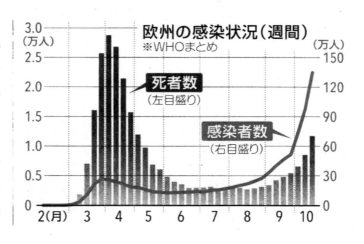

図　欧州における新型コロナウイルス感染症による
1週間ごとの感染者数と死亡者数の推移
（中日新聞2020年10月30日の記事より引用）

再び外出制限や飲食店や劇場の閉鎖など厳しい措置がとられることになり、活気を取り戻し始めていた経済や文化活動は再び大きな打撃を受けることになります。

　一方、日本でもこの10月に入って新規感染者数は少しずつ増えています。とくに東京や大阪、愛知などの都市部や北海道などで増え始め、国内の累計感染者数は10月29日にとうとう10万人を超えたそうです。欧州では驚く

ほど感染者が増えていますし、日本ではこれから冬を迎えてインフルエンザとの共存も懸念されます。私たちはどのように対処すべきでしょうか。マスクの着用、手洗いの励行、三密の回避は言うまでもありまんが、それでも熱が出たとしたら、どうすれば良いのでしょうか。そのような発熱患者さんに対応するために、新しい診療体制が 11 月から開始されましたので概説致します。

　もしあなたが発熱したらどうしますか？コロナかも知れないし、インフルエンザかも知れません。あるいは他の病気かも？コロナが怖いので、なるべく早く PCR 検査を受けたいと思うのが当然です。今までは保健所へ相談し、コロナの疑いがあれば、保健所か地域の医師会の運営する PCR センターにてPCR 検査をし、陽性であれば、しかるべき病院や施設へ紹介されました。しかし PCR 検査機器の不足や保健所などのマンパワー不足などが原因で、実施できる PCR 検査数には限りがあり、十分に機能しているとは言えませんでした。また発熱した患者さんが、近くの診療所や病院を受診しようとしても、断わられることも少なくありませんでした。なぜなら普通の診療所や病院では、新型コロナウイルス感染に対する防御措置を講じておりませんので、万一コロナの患者さんを無防備で診察して院内感染を起こしたらとんでもないことになるからです。そのため「こんなに熱があるのに、診察も PCR 検査もして貰えない！！」という不満が全国各地で起こりました。

　そこでその不満を解消し、これから急増する発熱患者に対応するために、この度新しく「診療・検査医療機関」が設けられました。これは発熱患者の診療や検査を行う医療機関のことで、各都道府県が指定します。三重県では408 医療機関が指定されましたが、県内には約 1,300 の病院や診療所がありますので、約 3 割の医療機関に相当します。そこでもし私たちが発熱したら、どのように行動すべきか、下表にまとめてみました。

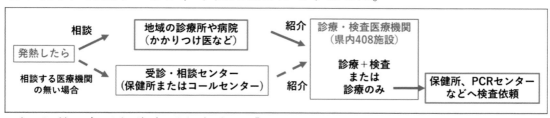

1 ）まず、身近な診療所や病院の「かかりつけ医」などに、発熱に関する相
　　談をしてください。医師が「診療・検査医療機関」への受診が必要と判
　　断した場合には紹介されます。

２）相談する適当な医療機関がない場合には、保健所またはコールセンター内に設置されています「受診・相談センター」へご相談ください。ここでも必要となった場合には、最寄りの「診療・検査医療機関」を紹介して貰えます。

３）「診療・検査医療機関」には、自院で診療も検査も実施する施設もありますが、診療しか行わない施設もあります。その場合検査は保健所や PCR センターなどへ依頼します。

４）「診療・検査医療機関」はこれからも増えていくと思われますが、今のところ病院名は非公表となっています。

　したがってこれからは、発熱患者に対しては、「診療・検査医療機関」が診療や検査を行い、そこへの受診の相談役になるのが、身近な診療所や病院の「かかりつけ医」などの医師です。今まで保健所に集中していた相談や検査業務を県内の医療機関で広く分担しようとするものです。今「かかりつけ医」をお持ちでない方は、できるだけ早く確保しておくことも大切かと思われます。

2020（令和 2）年 11 月

日本における感染拡大第 3 波

　新型コロナウイルス感染は、とうとう第 3 波の拡大期に入りました。11 月に入り新規感染者数は、東京、大阪、北海道、愛知など多数の都道府県で過去最高を更新しながら急速に増加、28 日には全国で 2,684 人、三重県でも 29 人と、いずれも過去最多となりました。感染者の増加とともに重症者も増え、全国における重症者数は、11 月 28 日には 440 人とこれも過去最多を更新、ここ半月で倍増したとのことです。同時にコロナ患者用病室の使用率も上昇し兵庫や大阪などでは 50%以上、北海道、東京、愛知などでも 40%を超え、三重でも 45.8%（11 月 28 日）、この 2 週間で 30%も増加しました。特に問題となるのは、呼吸管理などの必要な重症者用病室で、その使用率は大阪や東京では半数前後となり、このまま増え続けますと収容し切れなくなります。第 2 波では感染者が増えても重症者は増加しないという楽観的な状況が続いていましたが、第 3 波では感染者数も重症者数も、さらには死亡者数までも激増して最多記録を更新、しかも数字は膨らむ一方です。感染者増の要因は、

第２波では接待を伴う飲食店などが多く若年者の感染率が高かったのに対し、第３波では、クラスターの発生や家庭内感染が多く、感染者も若年層から高齢層まで均等に分布しています。三重県でも 11 月だけで 7 件もクラスターが発生しました。第２波の拡大期には、日本人は既に新型コロナウイルスに

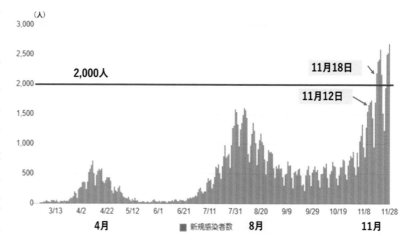

対する集団免疫を獲得しているから重症化しないという説もありましたが、第３波では少し異なるようです。そこでもう一度日本における今までの感染経過を振り返り、欧米と比較して、私たちのおかれている現状を考え直

図1　日本における新型コロナウイルス新規感染者数の推移（1日あたり）（Yahoo Japan のホームページより引用、改変）

してみることにしました。図１をご覧ください。全国における１日あたりの新規感染者数の推移を示したものですが、第 3 波では 10 月に入って増え始め、11 月 12 日には第 2 波のピークを上回って過去最高となり、18 日には 2,000 人の大台を超え、28 日に過去最多に達しました。

　ついで１日あたり重症者数の推移を示したのが図２です。第３波での重症

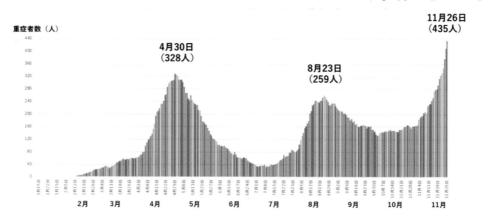

図2 日本における新型コロナウイルス重症患者数の推移（1 日あたり）（令和 2 年 11 月 27 日の厚労省第 48 回新型コロナウイルス感染症対策本部会議の資料より引用、改変）

者数は、第 1 波、第 2 波のピークを超えて過去最高を更新し続けています。

　図1と2を比べますと、第2波と第3波の違いが明瞭となります。第2波では第1波に比べ新規感染者数は増えていますが、重症者数は減っています。ところが第3波では、両者ともに第1波より増えています。第2波では感染者が増えても重症者が減ったため、私たちには楽観的なムードが広まりました。しかし第3波では重症者も増えていますので、これは深刻です。

　一方、欧州各国では一足早く第 2 波の感染拡大が起こりました。9 月頃より新規患者が増え始め、10 月に入って急速に増加しました。そこで各国では都市閉鎖（ロックダウン）や外出制限などの厳しい緊急措置をとりました。この欧米各国における感染拡大第 2 波、その感染者数と死亡者数はどうなっているのか、日本、韓国、中国の現状と比較してみました。表 1 をご覧ください。11 月 27 日時点における直近 7 日間の新規患者数と死亡者数を比較したものです。人口 100 万人あたりの数字ですが、欧米各国ではアジアの 3 国に比べ、新規感染者数、死亡者数ともに桁違いに多いことが分かります。日本に比べ感染者数は 10～30 倍、死亡者数は 20～90 倍ほどになり、この数字から判断しますと、欧米ではたいへんな事態になっているという感がします。感染者数にこれだけ大きな差があるということは、単にマスクの着用や手洗いの励行などの感染防御に対する生活態度の違いだけでは説明できないように思われ、集団免疫も含め何らかの他の因子が関与している可能性はあります。

	人口100万人あたり				人口100万人あたり		
	感染者数	死亡者数	死亡者/感染者		感染者数	死亡者数	死亡者/感染者
日本	112.5	0.9	0.8%	フランス	1492	58.7	3.9%
韓国	56	0.3	0.5%	ドイツ	1514	23.3	1.5%
中国	0.1	0	0.0%	イタリア	3330	82.4	2.5%
				イギリス	1787	48	2.7%
				米国	3523	32.9	0.9%

　表1　アジア3国と欧米5か国における人口100万人あたりの新規感染者数と死亡者数（11月27日までの直近7日間）（札幌医大フロンティア医学研究所ゲノム医科学部門のホームページより引用）

　ついで死亡者に関してですが、死亡者数を感染者数で除して死亡率を求め比較しますと、欧米ではせいぜい日本の 2～4 倍にしかなりません。欧米での

死亡者数は日本に比べて非常に多いのですが、死亡率でみるとそれほど大差はないのです。ということは日本でも感染者が増えれば死亡者は増え、欧米に似たような事態に陥る可能性があります。したがって死亡者を減らすためには、まず感染者を減らすこと、当たり前の結論となってしまいました。

　では感染者を減らすにはどうすればよいか、そこで欧米各国において 11 月 20 日と 27 日までのそれぞれ直近 7 日間、すなわち 11 月の第 3 週と第 4 週における新規感染者数を比較しました（図 3）。フランスでは約半減、イタリア、イギリスでもある程度減少していますが、ドイツや米国ではほとんど変化ありません。11 月に入り、フランスやイギリスでは徹底的な都市閉鎖が全国的に行われ、イタリアでもかなり強い対策が取られました。一方ドイツでの対策は比較的緩やかでした。この対策の違いが、感染者数の増減に影響しているのでしょうか。仮にこれが正しいとしますと、日本の今の政策、経済活動を維持しながら感染も抑え込むという政策は、果たして有効なのでしょうか。その目的とするところは十分過ぎるほど理解できるのですが、

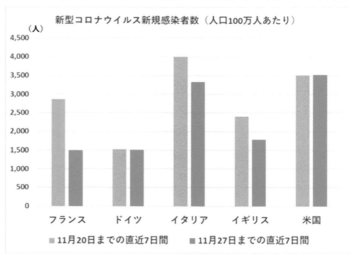

図 3　欧米 5 か国における 11 月第 3 週と第 4 週の新規
感染者数の比較（札幌医大フロンティア医学研究所
ゲノム医科学部門のホームページより引用）

二兎を追って一兎も得ずというような結果に終わりはしないかと懸念されます。

　以上の結果より、欧米人に比べ私たち日本人は、新型コロナにはかかり難いのかも知れませんが、かかったらやはり重症化します。特に高齢者は・・・。私たちはこの冬、マスク着用、手洗い励行、三密の回避という基本に戻り、コロナには絶対かからないという強い意志を持って臨まねばなりません。少なくともワクチンが行き渡るまでは・・・。

2020（令和2年）12月

感染拡大第3波とコロナワクチン

　新型コロナウイルス感染、年の瀬を迎えても拡大の勢いに歯止めがかかりません。12月29日の時点で、国内における感染者数は累計22万人を超え、死者数も累計で3,300人を上回っています。ことに12月に入ってから死亡者が増え、11月の2倍以上になっているとのことです。Go to トラベルの一時中止、都市部における飲食店などの時短営業、忘年会などの会合を控えても一向に収まらない感染拡大、いったいどうなっていくのでしょうか。

　そこで日本の現状を、前号と同じようにアジアや欧米諸国と比較してみました。表1をご覧ください。各国における人口100万人当たりの感染者数、死亡者数、死亡者/感染者数（死亡率とします）です。そのうちの上の表は、日本において第3波の感染拡大が顕著となった11月下旬の1週間の数、下の表がそれから1か月経過した12月下旬の1週間における数字です。

	人口100万人あたり				人口100万人あたり		
	感染者数	死亡者数	死亡者/感染者		感染者数	死亡者数	死亡者/感染者
日本	112.5	0.9	0.8%	フランス	1491.8	58.7	3.9%
韓国	56	0.3	0.5%	ドイツ	1513.8	23.3	1.5%
中国	0.1	0	0.0%	イタリア	3330.2	82.4	2.5%
				イギリス	1786.9	48	2.7%
				米国	3522.7	32.9	0.9%

11月27日までの直近7日間

	人口100万人あたり				人口100万人あたり		
	感染者数	死亡者数	死亡者/感染者		感染者数	死亡者数	死亡者/感染者
日本	179.6	2.5	1.4%	フランス	1285.4	33.9	2.6%
韓国	141.7	2.7	1.9%	ドイツ	1652.2	48.2	2.9%
中国	0.4	0	0.0%	イタリア	1523.3	52.2	3.4%
				イギリス	3785.8	51.5	1.4%
				米国	3825.8	46.7	1.2%

12月28日までの直近7日間

表1　欧米5か国とアジア3か国における11月と12月下旬1週間の感染者数、死亡者数、感染率の比較（札幌医大フロンティア医学研究所ゲノム医科学部門のホームページより引用）

12月には日本でも韓国でも、感染者数、死亡者数、死亡率ともに増加して欧米諸国との差は縮まっています。特に死亡率に至っては、ほとんど変わらない数字となっています。ではどのぐらい縮まったのでしょうか。

　そこで11月末と12月末の感染者数、死亡者数、死亡率について、日本の値に対する欧米5か国の値の比を求め、グラフにしました（図1）。すなわちこの比が小さければ小さいほど日本との差が少ないことを意味します。まず最上段の感染者数ですが、イタリアをご覧ください。11月末には日本の30倍ほどもありましたが、12月末には10倍以下に縮小しています。イギリスを除き、他の国でも同じように縮小しています。

　死亡者数も同様で、イタリアでは11月には日本の90倍もありましたが、12月末には20倍ほどに縮小しています。他の国でも軒並み低下し20倍以下となっています。同じく死亡率も低下し、イギリスやアメリカでは日本とほぼ同等のレベルにまでなっています。

　このように日本における新型コロナウイルス感染の状況は、だんだん欧米のレベルに近づきつつあります。さらにこの傾向が進みますと日本と欧米の差は消失し、日本人は集団免疫を獲得しているから感染し難く重症化することも少ないという仮説は成り立たなくなります。

　この如何ともし難い状況を打開し、新型コロナウイルス感染症を収束に向かわせるためには、ワクチンしかありません。そこで既に欧米では投与の

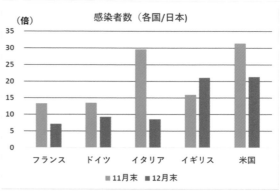

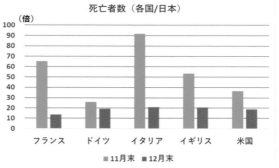

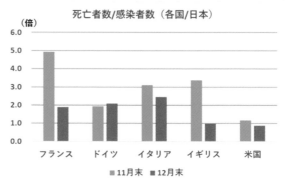

図1　日本の感染者数、死亡者数、死亡率の
　　　欧米5か国の値に対する比
　　（11月末と12月末1週間の比較）

始まっている新型コロナウイルスに対するワクチンについて概説致します。

　現在一般に使用されていますワクチンの種類を表2に示します。生ワクチンは、病原性を弱めてはありますが病原体そのものを投与しますので、自然に近い状態で免疫が作られます。一方インフルエンザなどの不活化ワクチンは、病原体の一部だけを投与しますので生ワクチンに比べ免疫産生能は低く、2回投与の必要な場合があります。ところが今回の新型コロナウイルスに対するワクチンは、従来のものとはまったく

	特徴	代表的なワクチン
生ワクチン	病原性を弱めたウイルスや細菌そのものを投与	麻しん（はしか）風しん
不活化ワクチン	病原性を無くしたウイルスや細菌の一部を投与	インフルエンザ肺炎球菌
トキソイド	細菌の産生する毒素を、無毒化して投与	ジフテリア破傷風

表2　一般に用いられているワクチンの種類

異なり、新しい遺伝子工学的な手法で作られます。例えば、既に欧米で投与の開始されているファイザー社やモデルナ社のワクチンは、新型コロナウイルスの表面にあるスパイク状突起のたんぱく質の遺伝情報を持った mRNA（メッセンジャーRNA）を投与します。接種された人の体の中にある細胞内では、mRNA を基に抗原となる蛋白が産生され、それを自身の免疫細胞が認識することにより、免疫能が作り出されます。ただし不活化ワクチンと同じように1回投与による免疫産生能は弱く、2回投与が必要となります。他にも DNA やウイルスベクターなど様々な遺伝子関連物質を利用してウイルスの遺伝情報を体内へ導入するワクチンも、国内外で研究開発されています。ファイザー社のワクチンの臨床試験では、2回目の接種から7日後以降で新型コロナウイルスの予防効果は 95%に上ったそうです。気になるのは副反応ですが、注射部位の疼痛、倦怠感、頭痛などが多く、通常1～2日で消失したとのことです。実際にワクチンの投与が開始されて1か月近く経過しました。当初重篤な合併症であるアナフィラキシーショック起こした接種者が数人報告されましたが、その後大々的に発生したという報道はされていません。通常のワクチンでも何らかの副反応は発生するもので、コロナワクチンに限り副反応が多いということはないようです。日本では、2月末頃より医療関係者、高齢者、持病を有する人などから順に投与が開始されるそうです。私は順番が回って来ましたら、迷わず受けます。この状況から脱して元の生活に戻るためには、ワクチンしかないのですから。

2021(令和 3)年 1 月

ワクチンの有効性と副作用

　新しい年も明けて早や 1 か月が経ちました。昨年末から 1 月中旬にかけて新型コロナウイルス感染が急拡大し、東京や大阪、愛知など 11 都道府県に再び緊急事態宣言が発令され、三重県でも県独自の緊急事態宣言が出されました。その後国民の自粛生活が効を奏したのでしょうか、2 月に入って新規感染者は徐々に減り始めましたが、都市部においては重症者が減らず病院の逼迫状況は続いています。桑名市でも 1 月中旬には桑員地区の病床は満床となり、入院できずに自宅待機する人が 50 人近くにもなるなどたいへんな状況でした。しかし 2 月入って入院患者は減少し、自宅待機者もいなくなるほど大幅に解消されました。このまま収束してくれればいいのですが、そうは問屋が卸さないでしょう。そんな中で、着々と準備の進められているのがワクチン接種です。世界でワクチンを 1 回以上接種した人は、欧米や中国などを中心に 1 億人を超えたそうです。私どものセンターの職員で、1 年の半分はハワイで、残り半分を当院で仕事している女性がいます。現在はハワイにいるのですが、先日メールが送られて来ました。ハワイ州はワクチン接種が進んでいて、彼女も既に 2 回接種したそうです。ワクチン接種の終わった人が増えるにつれ、何となく街が落ち着いて来たような感じがすると書いてありました。日本でも 3 月より、医療関係者、高齢者、持病を有する人などの順にワクチン接種が始まります。そこで今回はワクチンの有効性や副反応について改めて確認することにしました。

1) ワクチンの有効性

　ファイザーワクチンの有効率は 95%とありますが、これはどういうことでしょうか？接種を受けた 100 人のうち 95 人がコロナウイルスに感染しないという意味でしょうか？いえ、そうではありません。有効性の評価には、ウイルスに感染しなくなるのか、あるいは感染しても発症しないのか、二通り考えられますが、通常は発症するかしないかで判定されます。

会社名	種類	発症者数の割合（%）		有効率
		接種群	非接種群	
ファイザー	mRNA	8/18,193	160/18,325	95%
		0.04%	0.87%	
モデルナ	mRNA	5/13,934	90/13,883	94.5%
		0.04%	0.87%	

表 1　コロナワクチンの有効性の比較

表1をご覧ください。近く日本で接種の開始されるファイザー社とモデルナ社のコロナワクチンの臨床治験による有効性をまとめたものです。ファイザー社の場合、ワクチンを接種した 18,193 人中 8 人（0.04%）に症状が出ましたが、接種しなかった 18,325 人では 160 人が発症しました。ワクチンを接種しなかったら 160 人発症したところを、接種により 8 人に減ったということになり、両群の母数がほぼ同一とみなしますと、有効率は次の式で計算されます。

$$(160-8)/160 \times 100 = 95 \%$$

　では実際の成績はどうでしょうか。ワクチン接種先行国のイスラエルでは、国民の約 4 割が少なくとも 1 回ワクチンを受けているそうです。優先接種の 60 歳以上の人たちでは、新規感染が 40%減、重症者も 24%減り、また過去 30 日間で死亡した 1536 人のうち 97%以上はワクチン未接種者であったとのことです。コロナワクチンに期待することは、インフルエンザワクチンと同じように、たとえ感染を防げなくても、発症や重症化を抑えることです。とくに高齢者や持病のある人には大切で、その意味でもこの初期結果は期待が持てます。

２）ワクチンの副反応

　ファイザー社製ワクチンの臨床治験における副反応は、局所疼痛 70%、発熱 15%、倦怠感 50%、頭痛 45%、寒気 25%ほどで、数日で消失したそうです。心配されるのはアナフィラキシーショックですが、米疾病対策センター（CDC）の発表では、ファイザー社ワクチンでは約 20 万回に 1 回、モデルナ社ワクチンでは約 36 万回に 1 回、そのうち約 90%は 30 分以内に発症したとのことです。ということは 10〜18 万人に 1 人起こることになります。万一アナフィラキシーが起こったとしても、適切に処置すれば完治し、死ぬことはありません。したがって副反応を恐れることはないのです。今のところ、各社のコロナワクチンの有効性は高く、副反応も心配することはないようですので、進んで接種をお受けになることをお勧めします。

2021(令和3)年2月

ワクチン接種とコロナ変異ウイルス

　この 2 月から 3 月にかけてコロナを取り巻く状況は、大きく変化しました。

ワクチンの接種が始まり、変異型ウイルスも日本に入って来て、局面はより複雑化しています。あれだけ猛威を奮った第3波も全国的に鎮静化し、3月1日には6府県で緊急事態宣言が解除されました。首都圏では下げ止まり状態が続き、緊急事態宣言は継続されましたが、それも3月21日には解除されることになりました。再拡大の懸念は残されたままですが、一応全国的に緊急事態宣言が解除され、「やれやれ」と思った矢先、逆に宮城県からは独自の緊急事態宣言が発令されました。いつ第4波が起こるかも知れない不穏な状況が続きますが、その裏で見え隠れするのが変異ウイルスです。イギリスなどで発見され、強い感染力により世界中に拡がり日本へも入って来ました。

　一方、医療従事者を対象としたワクチン接種も開始されました。この二つの因子が、今後のコロナ感染の動向に大きな影響を及ぼすことは間違いなく、今回はこの二つに絞って最新情報を拾ってみました。ネットやマスコミでは連日雑多な情報が飛び交っていて、どれが正しいのか分からなくなってしまいます。そこで厚労省とか有名な医学分野の学術雑誌など、発信源や出典の信頼できる情報だけを集めました。

1）日本におけるワクチン接種の状況と副反応は？

　日本では2月から医療従事者を対象にファイザー社ワクチンの接種が始まりました。厚労省の発表によれば、3月19日現在55万人を超える人が1回目の接種を終え、2回接種を受けた人も2万5千人を超えました。気になるのは副反応ですが、厚労省の調査会の報告では、3月11日までにアナフィラキシーとして報告を受けたのは17例で、いずれも女性でした。そのうち、アナフィラキシーの症状の中で最も重篤な症状を呈したのは2例で、うち1人は喘息をお持ちでしたが、いずれも適切な治療により治癒したそうです。もちろんそれより軽症の他の人たちは皆、軽快しています。

　私たちの病院でも、3月11日に接種が始まり私も真っ先に受けました。接種時の痛みは、注射針が入っているかどうかも分からないほど気になりませんでした。翌日、腕を動かす際に軽い疼痛を覚えましたが、2、3日で消失しました。当院では3月19日現在、全職員の約1/3にあたる340人の医療従事者が接種を受けましたが、今のところ副反応の報告はまったくありません。

2）ファイザー社ワクチンの効果は？

　ワクチンの効果を知るためには、世界で最も接種の進んでいるイスラエルのデータを見るべきでしょう。イスラエルでは、ファイザー社のワクチンが

接種されていますが、人口の半数を超える約510万人が1回目の接種を終え、2回終わった人も420万人を超えたそうです。接種済と未接種のそれぞれ約60万人分の結果を比較しますと、発症防止効果は94%、重症化防止効果は92%で、臨床治験の結果とほぼ同じだったそうです。

３）日本での変異型コロナウイルスの感染者数は？

今、日本で確認されている変異ウイルスは、イギリス、南アフリカ、ブラジルなどで発見されたものです。厚労省の発表によりますと、3月16日現在、変異ウイルス感染患者は26都道府県で計399人（英国型374人、南アフリカ型8人、ブラジル型17人）となっています。都道府県別では、兵庫94人（英国型）、大阪72人（同）、埼玉57人（英国型42人、ブラジル型15人）などに多のですが、東京では14人（英国型）と非常に少なく、英国型変異ウイルスは関西を中心に拡がっていることを示唆しています。

４）変異ウイルスは死亡率を増加させるか？

変異ウイルスはいずれも、従来のウイルスに比べ感染力が2倍近く高いということは知られていますが、同様に死亡率も高いのでしょうか。気になるところです。イギリスの有名な医学雑誌に、「英国型変異ウイルスは、従来のコロナウイルスに比べ死亡率が1.7倍高くなる」というショッキングな報告が発表されました。現在、日本で最も多い英国型の変異ウイルス、このまま増え続けますと大変なことになります。その他の変異ウイルスに関しましては、まだはっきりした報告はないようです。

５）ワクチンは新型ウイルスにも有効か？

実験室での段階ですが、ファイザー社のワクチンは、英国型およびブラジル型の変異ウイルスに対して、従来のウイルスと同程度に有効であると報告されています。南アフリカ型変異株に対する有効性も少し低下しますが、十分の効果は期待できるとのことです。

以上、変異ウイルスは感染力だけでなく死亡率も高めるようです。ブラジルで新規感染者も死亡者も急増していることを考えますと、ブラジル型変異ウイルスは如何にも不気味です。できるだけかからないようにするのが一番で、そのために今まで通りマスク着用、手洗い励行、三密の回避を厳守しなければなりません。と同時にワクチンを受けるべきです。英国型だけでなくブラジル型、南アフリカ型の変異ウイルスにも効果が期待できるそうですから。一日も早く国民の誰もがクチン接種を終えることを願ってやみません。

2021(令和 3)年 3 月

ワクチン接種率と変異ウイルスの特徴

　いよいよ日本の新型コロナウイルス感染は、第 4 波の感染拡大期に入ったようです。3 月初めには 1,000 人を下回るまでにもなった全国の新規感染者数は、3 月末頃より再び増加に転じ 4 月 14 日には 4,312 人、死者も 34 人になりました。1 日の感染者数が 4,000 人を超えるのは 1 月 28 日以来のことだそうです。4 月 5 日からは、大阪、兵庫、宮城にまん延防止等重点措置が発出され、さらに東京、京都、沖縄へも拡大されました。今回は特に大阪、兵庫で感染者が急増していずれも過去最高を更新しており、大阪では 1,000 人を超えて東京よりも多く、いつ緊急事態宣言が出されてもおかしくない状況となっています。

一方、医療従事者から開始されたワクチン接種、私は既に 2 度の接種を終えました。4 月に入って一般の高齢者の方への接種も始まり、徐々に進行している日本のワクチン接種ですが、さらにワクチン接種の進んでいる国が世界にはたくさんあります。そこで各国におけるワクチン接種率と感染状況を比較してみました。図 1 は、ワクチン接種率の高い国の一覧です。最も高いのはイスラエルで、1 回接種 60.4%、2 回接種した人も 54.79%となっています。ついでイギリスですが、国の政策により 1 回接種を優先して行っているため、1 回接種は 45%前後になっていますが、2 回接種は 5%ほどしかありません。次いでアラブ首長国連邦、チリが続き、5 番目の米国で 1 回接種率30%近くになっています。一方の日本は、1 回 0.65%、2 回 0.05%で比較になりません。

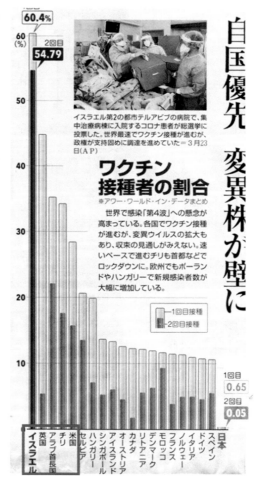

図 1　ワクチン接種率の高い国
（中日新聞 2021 年 4 月 3 日）

図2は、世界各国の人口100万人あたりの新規患者数（1週間の平均）を比較したものです。ワクチン接種率の高い上位5か国のうち、イスラエル、英国、米国での患者数は激減しています。チリも同じように1月以降減少していましたが、2月に入ってから再び急増しました。これはどういうことでしょうか。NHKのニュースによりますと、接種者が500万人を超えた時点で外出制限などの規制を緩めたからだそうです。集団免疫ができて感染者数が自然に減少していくためには、ワクチン接種の済んだ人が70%を超えなければならないそうですが、チリではせいぜい30数%、規制を緩めるのが早過ぎたのです。

　日本の接種率はまだまだですが、私も2度接種が終ったからと

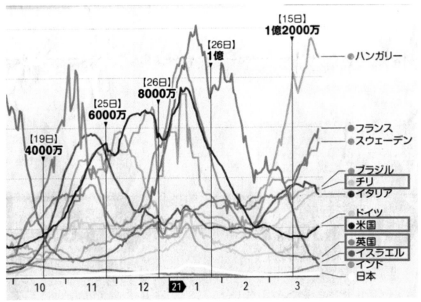

図2　各国の新型コロナ新規感染者数の推移
（中日新聞2021年4月3日）

いって気を緩めず、今まで通り猫をかぶったように大人しくしています。

　今回の拡大の主役を演じているのが変異型ウイルスです。世界中で猛烈な勢いで増え続け、感染力が強く重症化する率も高いのではないかと恐れられています。この変異型ウイルス、前回も少し触れましたが、今回も最新の知見をまとめてみたいと思います。

　表1をご覧ください。NHKのホームページから引用したものですが、WHOが認定している「イギリス型」「南アフリカ型」「ブラジル型」の変異ウイルスの特徴をまとめたものです。変異の「N501Y」とは、ウイルスの表面にある突起の蛋白（スパイク蛋白）の501番目のアミノ酸がN（アスパラギン）からY（チロシン）に置換されていることを意味します。同様に「E484K」は、スパイク蛋白の484番目のアミノ酸がE（グルタミン酸）からK（リシン）に置き

換わったものです。イギリス型の変異ウイルスは N501Y の変異を有し、南ア
フリカ型やブラジル型の変異ウイルスは、N501Y と E484K の双方を持ってい
ます。大阪や兵庫など関西ではイギリス型の変異ウイルスが 80%近くを占め、
東京では E484K の変異を持つ数種のウイルスが増えています。感染力はいず
れの変異型も高いのですが、懸念されるのは重症化率です。前号でイギリス
型は重症化率が高いと書きましたが、表1でもリスク上昇の可能性が高いとなっています。しかし最近の論文では、イギリス型の変異ウイルスの重症化率や死亡率は従来のものと変わらないと報告しているものもあります。ほんとうはどうなのでしょうか。

変異ウイルスの特徴

	"イギリス型"	"南アフリカ型"	"ブラジル型"
変異	N501Y	N501Y E484K	N501Y E484K
感染力	36〜75%⬆	50%⬆	従来より⬆
重症度	入院・死亡のリスク上昇の可能性⬆高	従来と変化なし	影響は限定的
ワクチンの効果	大きな影響なし	"十分な効果"検証中	調査中

(WHOなどの調査から)

表1　変異ウイルスの特徴（NHK のホームページより引用）

　私たちの病院でも 4 月に入ってからコロナ患者が増え、常時 10〜14 人
入院しています。そのうち 80%近くは変異型ウイルス感染で、すべてイギリ
ス型です。診療を担当している医師によれば、「症状の無い患者さんが入院し
て来た場合、従来のウイルスではほとんどそのまま経過して退院して行きま
したが、イギリス型変異ウイルス患者さんでは、同じように治療しているの
に肺炎が進行して人工呼吸器を使用せざるを得ないケースが相次いでいる」
とのことです。関西や埼玉県などの病院からも同様の報告がなされており、
イギリス型変異ウイルス感染では、肺炎などが重症化しやすい傾向にあるよ
うに思われます。

　ワクチンの効果に関しましては、前回も記しましたようにファイザー社の
ワクチンはイギリス型変異ウイルスに十分効果があります。ということは、
ファイザー社のワクチン接種をコツコツと進め、一日も早く国民の 7 割以上
の人が接種を終えるようにすることが、この未曾有の感染を収めるために
最重要ということになります。とにかく皆さん、ワクチンを受けましょう。
それが何よりも大切です。

2021（令和3）年4月

感染拡大第4波とインド型変異ウイルス

　4月に入って新型コロナウイルス感染は、変異ウイルスの爆発的な拡がりにより第4波拡大を迎え、そのままゴールデン・ウイークに突入しました。その最中の5月3日、伊勢自動車道（高速道路）を走りましたが、伊勢志摩方面へ向かう車で結構混雑していました。伊勢神宮やその界隈は、若い観光客で賑わっているとのこと、日本中の観光地や大都市の繁華街でも同様で、人出は昨年の同期より数倍増えているとのことです。外出自粛の必死の呼び掛けにもかかわらず、この状況、果たして感染拡大は収まるのでしょうか。

　今、大阪や兵庫さらにインドでは、患者急増によりたいへんな状況に陥っています。既に医療崩壊を起こしていると言っても過言ではないでしょう。そこで今回はこれらの地域で起こっている問題点について概説したいと思います。

　表1をご覧ください。4月25日に3度目の緊急事態宣言が発出された大阪、兵庫、京都、東京、さらに三重におけるコロナ入院病床数、重症者用病床数、その利用率を比較したものです。コロナ入院病床も重症者用病床も、大阪と兵庫において利用率が格段に高く、瞬間的には100%を超えたこともあったといわれます。無症状や軽症の方が自宅やホテルなどで療養するのは良しとしても、中等症以上の場合には病院へ入院しなければなりません。しかし病床が空いていないと自宅待機（入院調整）せざるを得なくなります。

	コロナ入院病床		重症者用病床	
	病床数	使用率(%)	病床数	使用率(%)
大阪	2297	81	570	72
兵庫	935	78	118	79
京都	469	59	86	31
東京	5594	35	1207	33
三重	392	53	53	21

表1　各地域のコロナ病床数と重症者病床数と使用率（4月28日）（NHKのホームページより）

大阪では、4月29日時点で1万4,000人もの患者が自宅療養または待機をしていたそうです。その中にはそのまま自宅で亡くなった方もあり、3月以降大阪では12人、兵庫でも数人を数えています。自宅待機中に亡くなる患者を極力無くしたい、医療人ならば誰もが願うことです。病院で適切な治療を受けておれば死なずに済んだのかも知れないのですから。そのためには、コロナ入院病床を増やすことが一番ですが、そう簡単に増やせるものではありません。病院の本来の診療、救急医療や高度先進医療などをたやすく減らすことができないからです。また、ある程度設備やスタッフなどが整った病院でないと、コロナ患者を受け入れることはできません。数の限られたコロナ入院病床、有効に使うためにはど

うすれば良いのでしょうか。

　コロナ患者とくに高齢者の患者では、症状が収まり感染力が無くなっても、体力の回復やリハビリのために、さらに入院を要する人が少なくありません。そのような患者がそのまま入院し続けますと、コロナ病床の回転率が悪くなり、新しい患者を収容できなくなります。そこで大切なことは、治療の終了した患者の転院先病院、すなわち後方支援病院を増やすことです。コロナ入院病院と複数の後方支援病院が緊密な連携を組むことにより、コロナ病床の回転が良くなり、自宅待機する患者が減少します。東京の墨田区ではこの連携がうまく機能して、第3次感染拡大の際、当初50人を超えた入院待ち患者がゼロになったとのことです。そこで桑名市でも、桑名市医師会長の青木大五先生のご尽力により、桑名市総合医療センターがコロナ入院病院、市内のほとんどの医療機関が後方支援病院となって、医療連携システムを開始しました。幸い三重県全体では病床にはまだ余裕がありますが、四日市など一部地域では、大阪に近いほど病床が逼迫しています。この医療連携の取組を、なるべく早く県内全域に拡大して、自宅待機中の患者の死亡をゼロにしたいと願っています。

　さてインドです。図2、3をご覧ください。新型コロナウイルス感染の1日あたりの新規患者数と死者数（人口100万人あたり）の推移を日本とインドで比較したものです。両者とも、今年の1月から2月頃までは、インドの方が日本よりも少ないのに、4月に入ってインドでは急速に増加して逆転し日本をはるかに凌ぐ高値となっています。4月下旬における1日あたりの新規感染者数は40万人、死者も3,600人前後と、とんでもない数になっています。この原因として、インド政府が感染者数も死者数も減少したために人の

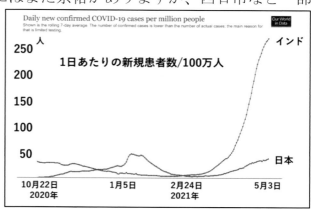

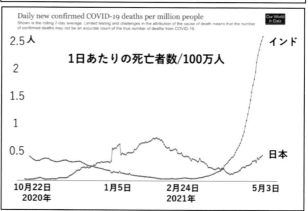

インドと日本における1日あたりの新規患者数
と死亡者数の推移（人口100万人あたり）。
（Our World in Data より引用、改変）

集まるイベントの解禁など様々な規制を解除したところへ、感染力の強い

インド型の変異ウイルスが爆発的に増加したためと言われています。

　それではこのインド型の変異ウイルス、どのような特徴を持っているのでしょうか。インド株は L452R と E484Q の２つの変異を持つことが特徴ですが、このうち L452R 変異が免疫を逃避すると言われます。それはどういうことでしょうか。

　ウイルスやがん細胞などに対して免疫が働くためには、まずそれらを異物（非自己）として認識せねばなりません。自分ではない、非自己として認識することにより初めて、免疫細胞や抗体などに指令が出て攻撃が始まるのです。その認識機能を担当するのが、人の白血球内にある HLA（ヒト白血球抗原）ですが、これにはたくさんの種類があります。そのうちの１つ、日本人の 60％が持つと言われる HLA-A24 は、従来型のウイルスに対しては異物として認識することができますが、L452R 変異を有するウイルスは異物として認識できず、免疫が働かなくなります。これを免疫逃避と言います（図 4）。そうしま

すと日本人の過半数は、この変異ウイルスによる感染を防御できなくなる可能性が生じます。しかし私たちの HLA には他にも様々なタイプがあり、そのうちのどれかが働いて認識機能が維持される可能性がありますので、必ずしも免疫力が低下するとは言い切れないそうです。

　さらに L452R 変異ウイルスは感染力も強いと言われますので、もし日本で拡がったら大変なことになるでしょう。

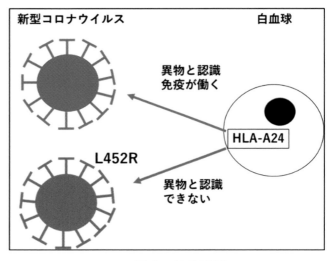

図 4　免疫逃避

　何としても防がねばなりません。

　それでは今接種が進められているワクチンは、インド型変異株に対して効果あるのでしょうか。独ビオンテック社の CEO は、「ファイザー社と共同開発したワクチンはインド株ウイルスにも効果が期待できる」と明言しています。今はそれを信じるしかありません。とにかくワクチンを受けましょう。インドでの失敗は、国民のワクチン接種率が 10％にも満たないのに、早々に規制を緩めたことにあると言われます。日本における接種率はそれにも及びません。少なくとも国民の半分ほどがワクチン接種を終えるまでは、今まで通り十全な感染防御対策をとって、大人しくしているのが無難です。

2021（令和3）年5月

ワクチン接種率とコロナ感染状況の国際比較

　全国各地で 65 歳以上の高齢者を対象とした新型コロナワクチンの接種が急ピッチで進んでいます。三重県内においても、どこの病院や診療所においても結構忙しく接種が行われ、津市、四日市市、伊勢市では大規模接種が始まります。私の周囲にいる高齢者の方々も、多くは接種を済ませました。県としても 7 月中には高齢者の接種を終えられるとのです。ところが先日、三重県の高齢者ワクチン接種率は、全国の都道府県で最下位という報道がなされました（5 月末時点）。「ええーッ！？　これだけたくさんやっているのに・・・」というのが正直私たち接種する側の感想でした。しかしこれは一部の地域でのデータ集計が遅れたためで、その後集計が揃い、6 月 5 日時点におけるワクチン接種完了者（2 回接種済）は、1 位が和歌山の 9.26%、三重は 2.05%で 29 位に改められました（NHK 調べ）。順位はさておき、接種率はまだまだ 2%台です。さらに県民のワクチン接種に拍車をかけねばなりません。

　今回はワクチン接種の効果を調べるために、ワクチン先進国のイスラエルと英国、それと日本における最近の感染者数、死者数を比較してみました。日本経済新聞社の「チャートで見るコロナワクチン世界の接種状況は」によりますと、6 月 3 日現在人口 100 人当たりのワクチン接種完了者は、イスラエル 56.71 人、英国 38.58 人、日本 3.00 人となっています。

　下のグラフは、これら 3 国における人口 100 万人当たりの新規感染者数と死亡者数の推移を示します。

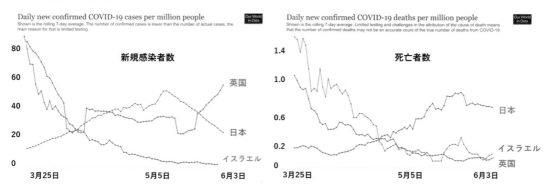

イスラエル、英国、日本における人口 100 万人あたりの新型コロナウイルスによる新規感染者数と死亡者数の推移。（1 週間の平均数）（Our World in Data より引用）

今年3月25日以降のデータですが、ワクチン接種完了率が60％に近いイスラエルでは感染者数、死亡者数とも著明に低くなっています。また接種完了率 40%弱の英国では、死亡者はイスラエルと同等に少ないのですが、感染者数は一度減少した後5月後半に再び上昇しています。これには規制緩和、感染力の強いインド変異株のまん延、若年者におけるワクチン接種率など様々な因子が関連しているものと思われます。一方日本では感染者は減少しているものの、死亡者は他の2国に比べ格段に多いことが分かります。

　ワクチン接種完了率が 70%程度になりますと、コロナウイルスに対する集団免疫が成立して感染が収束すると言われます。イスラエルではほぼその域に達したと言えるのでしょう。一方英国でも、接種完了者はイスラエルに及ばないものの、1回接種した人は70%を超えています。ワクチン1回接種でも有効性は認められており、その効果により感染者が増加しても重症化したり死亡する人が増えていないとも考えられます。しかしさらにワクチン接種完了者が増えないと、感染を収束させることはできないのかも知れません。

　日本における最近の接種状況をみていますと、そう遠くないうちに英国のレベルに近づけるものと期待されます。ワクチンは、インド変異株などに対しても効果があります。とにかく一日も早くワクチンを接種することです。それに尽きます。

2021（令和3)年6月

ワクチン接種とデルタ変異株

　新型コロナウイルス感染は、6 月も中旬から下旬となって全国的に小康状態となり、10 都道府県に出されていました緊急事態宣言も、沖縄県を除き、まん延防止特別措置に変更されました。しかし東京都と周囲3県では、新規感染者が日を追うごとに漸増し、オリンピックを間近に控え、いつ第5波の感染拡大が起こるかも知れない不穏な状況が続いています。そんな中、高齢者に対するワクチン接種は着実に進んでいます。図1をご覧ください。ここ数か月におけるワクチン接種率の推移を示したものですが、65歳以上の高齢者では、6月に入って接種率は急速に増加し、7月6日時点で接種1回終了が65.11%、2回終了が33.82%となっています。国としては、7月末までに接種を完了する予定だそうです。これが終わりますと、医療関係者への接種はほ

ぼ完了していますので、ひとまず、第一段階は乗り越えたと言って良いと思います。一方、全国民に対する接種率は1回終了19.85%、2回終了10.35%で、これはまだまだです。

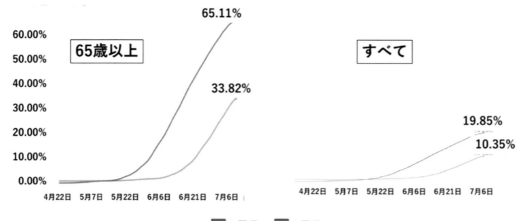

図1 新型コロナワクチン接種率の推移（政府CIOポータルより）

ここで気になるのが変異株です。従来、変異株は最初に発見された国の名前を付して呼ばれていましたが、WHOの提唱により5月末よりギリシャ文字を用いることになりました。その理由は、変異株が最初に見つかったと言っても必ずしもその国で発生したとは限らないこと、その国の人達が汚名を着せられ差別されるかも知れないこと、それを恐れて新しく変異株が発見されても公表しない国が出るかも知れないことなどを考慮したからです。現在までに判明している変異株の一覧を表1に示

| | 最初の発見 | | 感染力 |
	時期	国	（従来株との比）
アルファ株	2020年9月	英国	1.3〜1.7倍
ベータ株	2020年5月	南アフリカ	1.5倍程度
ガンマ株	2020年11月	ブラジル	1.4〜2.2倍
デルタ株	2020年10月	インド	2倍以上

表1　主な変異株の一覧

します。今話題となっているのが、昨年10月にインドで発見され、従来インド株と呼ばれていたデルタ株です。とにかく感染力が強く、従来型ウイルスの2倍以上、英国型と呼ばれたアルファ株の1.5倍強いと言われます。

では今接種が進められているワクチンは、デルタ型変異株に効果があるのでしょうか。

感染予防効果

ワクチン接種の進んでいる英国では、7月9日の時点で全成人の65.3%の

人が 2 回接種を終え、86.8％の人が 1 回接種を終えています（英政府発表）。接種率の上昇とともに感染は沈静化し、1 月には 6 万人を超える日もあった新規感染者も、5 月には 1,600 人ほどに激減しました。ところが 6 月に入り再び急速に増加しています。この増加はデルタ株によるもので、新規感染者の 90％がデルタ株感染と言われます。

　それではワクチンはデルタ株の感染予防に効果がないのでしょうか。図 2 をご覧ください。ワクチンが接種されていない 12 歳から 24 歳までの若年者と、接種の完了した 70 歳以上の高齢者とで、新規感染者数を比較したものです。5 月末になって若年者では急速に感染者が増えていますが、高齢者ではほとんど変化ありません。この結果は、ワクチンがデルタ株の感染防止効果のあることを示しています。

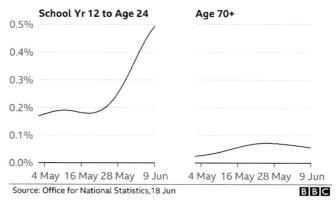

図 2　ワクチンのデルタ株感染予防効果
（BBC ニュース 6 月 19 日より）

重症化防止効果

　ファイザー社とアストラゼネカ社ワクチンにおける重症化防止効果を比較した結果を表 2 に示します。両ワクチンともに、2 回接種が完了しますと高い防止効果を示しますが、1 回投与では半分ほどに低下し、とくにデルタ株に対しては低くなっています。イギリスにおいては、感染者は増加しても重症化して入院する人の数は増えていないそうです。

	2回接種		1回接種	
	アルファ	デルタ	アルファ	デルタ
ファイザー	95％	96％	49.2％	33.2％
アストラゼネカ	86％	92％	51.4％	32％

表 2 両社のワクチンの重症化予防効果

　最近日本では、ワクチン接種の進んだ 65 歳以上の高齢者に代わって、40〜64 歳の中高年に感染したり重症化する人が増えています。医療側からすれば、この年代の人達のワクチン接種を急がなければと思います。ワクチンの供給がいささか滞っているようですが、おっつけ解決されるでしょう。40 歳を超

える人達のワクチン接種が完了すれば、重症化したり死亡する人はかなり減るはずで、医療負担も軽減されます。感染しても重症化しない、インフルエンザのようにすること、それが目標です。

2021(令和3)年7月

デルタ変異株の特徴

　今年の7月は、連日の猛暑にオリンピックの熱戦、そして新型コロナ感染の拡大と、ほんとうに熱い1か月でした。8月に入ってオリンピックも無事終わり、やれやれと思った矢先、今度は梅雨末期のような長雨と大雨、蒸し暑い毎日にうんざりします。長崎や佐賀、広島などでは、またもや大きな水害が発生しました。そしてそれにはまったくお構いなしに、急速に勢いを増しているのが新型コロナの感染拡大第5波です。日本全国における新規感染者数は連日最多記録を更新し、8月13日にはとうとう20,000人を突破しました。三重県でも同様で、新規感染者数は8月11日に初めて100人を突破し、21日には428人に達しました。22日現在、東京や沖縄など13府県に緊急事態宣言が、三重県を含め全国16道県にまん延防止等特別措置が発令されています。また三重県では、9月に開催することになっていました「とこわか国体」も中止となりました。そして最も懸念されるのが、首都圏はじめ全国各地における医療の逼迫です。入院させなければならないのに入院先がない、そのために自宅療養中に命を失う人が続出しています。私たち医療人としては、絶対避けなければならない事態が起こっているのです。第5波の感染拡大の主な原因は、インドで発見されたデルタ変異株によるものですが、際限なく続く感染拡大、これから先どうなって行くのでしょうか。マスコミでは連日断片的な情報が目まぐるしく飛び交っています。そのうちで信頼性が高く大切と思われる情報を私なりに拾い上げ、現場での経験も踏まえて整理しまとめてみました。

1）デルタ株は、感染力が強く、重症化率も高い。

　とにかく感染力が強いのが最大の特徴です。従来のコロナウイルスであれば周囲の人の1〜2人に移るだけですが、デルタ株では8人以上に感染し、感染力が強いことで知られる水ぼうそう（水痘）に匹敵すると言われます。それが今回の爆発的な感染拡大の大きな要因となっています。では重症化に

ついてはどうでしょうか。デルタ株が発見された当初は、重症化率は高くないとの報告もありましたが、諸外国からの最近の報告によれば、入院したり、重症化して集中治療室へ入ったり、あるいは死亡するリスクは、従来のウイルスに比べ2〜5倍ほど高いとのことです。

2）ワクチンを接種しても感染することはある。しかし重症化を防ぐことができる。

　コロナワクチンを接種すれば、デルタ株による感染を完全に防ぐことができるのでしょうか。残念ながらできません。ファイザー社のワクチンでは、デルタ株による発症を予防する効果は 60〜80%と報告されています。すなわちワクチンを接種しても3割前後の人は、デルタ株に感染し発症するのです。実際私たちの病院でも、ワクチンを接種し十分量の抗体のあることが確認された職員が、コロナに感染しました。したがってワクチンを接種した人も、今まで通りマスク、手洗い、三密の回避という基本的な感染防御を続けねばなりません。

　一方、重症化はどうでしょうか。これは防げるようで、デルタ株に感染しても入院や死亡へ至らないようにする効果は 90〜100%と報告されています。すなわちほとんどの人は重症化しないのです。

3）第5波における感染は、ワクチン未接種の若年者や中高年者に多く、重症例が増えても死亡者は増加していない。

　確かにワクチンを接種しても感染することはありますが、その数は少なく過半数の人は感染しないのですから、第5波での感染患者は、ワクチン未接種の若年者や中高年者に圧倒的に多いことは確かです。私たちの病院においても、入院患者のほとんどは、40〜50歳代あるいはそれ以下のワクチン未接種者です。第4波までの入院は60〜70歳代の高齢者が多く、重症化して死亡するリスクが高く、介護を必要とすることも多いなどもあって、治療に当たるスタッフはたいへんでした。しかも症状が軽快するまでに時間がかかり入院も長期化しました。しかし第5波における入院患者は比較的若く、症状も安定していて軽快するのも速いため、病床の回転率は高くなり、しかも死亡する患者も減っています。図1をご覧ください。医療逼迫の起こっている東京における重症者数と死亡者数の経時的変化を示したものです。8月に入り重症者数は急速に増えていますが、死亡者数はほとんど増えていません。日本全体でみても、同様の傾向を示します。これは私たち医療従事者にとっ

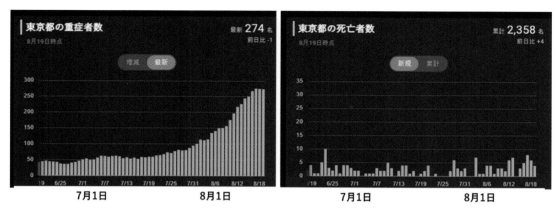

図1　東京都における重症者数と死亡者数の推移

（東洋経済 on line のホームページより引用、改変）

て、せめてもの救いです。

4）入院患者急増による医療逼迫の原因は、感染者の増え過ぎ

　表1は、厚労省の「新型コロナウイルス診療の手引き」の重症度分類をもとに NHK が作成したコロナ患者の症状分類です。血中の酸素飽和度により、軽症、中等症Ⅰ、Ⅱ、重症に分けます。一時、中等症の患者の入院をどうするか議論になりましたが、現在では原則として、中等症Ⅰ以上の患者は入院、軽症で若い患者は施設か自宅療養という方針で診療が行われています。しかし患者の急増によりその原則が守れず、東京などでは中等症Ⅰの患者でも自宅で療養していることも多いとのことです。前述しましたように、第5波では患者が比較的若いため病床の回転は速いのですが、いくら病床をフル回転しても、それをはるかに上回る速度で患者が増え続けるため、病床が足りなくなっています。

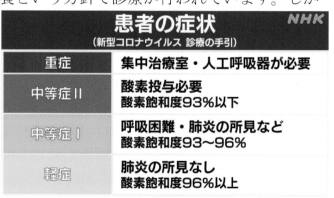

表1　新型コロナ患者の症状分類

（NHK のホームページより）

5）自宅療養患者の激増が最大の問題

　病院の病床には限りがあります。どこの病院でも、第5波の感染拡大に備えてコロナ用の入院病床を増やしていますが、それでもこの感染患者の激増にはついて行けません。入院できないとなると、施設や自宅で療養せざるを

得なくなります。患者さんにとって、施設であれば夜間も看護師が当直していますので安心ですが、自宅では夜間に容態が急変しても相談する人もいません。救急車を呼んでも、病床が空いていないからと断られるかも知れません。患者さん達の不安は如何ほどのものでしょう。ここで思い出されるのは、第4波の感染拡大時に、大阪や兵庫で自宅療養や入院調整中の患者が30人以上も亡くなられたことです。高齢の患者の多かったことがその一因と考えられますが、現在、東京では24,000人以上、三重でも2,000人近くの方が自宅療養を余儀なくされています。適切な治療を受けられないまま自宅で亡くなる、そのような悲劇が起こらないことを祈るばかりです。

6）自宅療養中に病状が急変する原因は？

幸せな低酸素症（happy hypoxia）：新型コロナウイルスによる肺炎では、病変は進んで血中酸素飽和度が低下しているのに、呼吸困難などの自覚症状が出ないことがあり、これを幸せな低酸素症と言います。そして症状の出た頃には重症化していますので、早期に発見するためには、感染が判明した時点でパルス・オキシメーターを装着して、血中酸素飽和度を常に計測することが必要です。

血管の炎症：全身の血管に炎症が発生し、血栓を生じたり免疫の暴走が起こったりして、全身の臓器の機能不全が起こると考えられています。これを防止するためには、早期より適切な薬物治療を行う必要がありますが、自宅療養では難しくなります。

7）出口の見えている戦いです。

　第4波まではワクチン接種も進んでおらず、果たしてこの感染拡大はどうなって行くのか、まったく出口が見えませんでした。でも第5波では、ワクチン接種の進んだ高齢者では感染も死亡も明らかに減っています。国の方針では、10月中には12歳以上の国民のうち接種希望者の8割に投与できる量のワクチンを供給するとのことです。それまで後2か月の辛抱です。とにかく今は、若い人達の感染の異常に多いことが、医療逼迫を招いています。若年者の感染拡大を抑えること、そのためには人流を減少させることが最も大切なのかも知れません。「若い人でも感染したら、重症化して死ぬこともあるし、たとえ治ったとしても後遺症に苦しむことが多い」、最近マスコミではこのような事例がよく紹介されていますが、さらに強力に訴えて、若者の意識を変えていくことが必要なのかも知れません。

2021（令和3）年8月

第5波感染拡大とワクチン接種

　今年の8月は、夏には珍しく梅雨のような長雨が続き、コロナ感染が日を追って拡大していく中で、オリンピック、パラリンピックが開催され、文字通り暑い夏でした。賛否両論のあった両大会の開催でしたが、何とか無事終わりほっとすると同時に、選手たちのあの笑顔を見ていますと、私個人的には無理をして開催して良かったのかなとも思います。

　さてコロナ感染です。第5波の拡大は、かつて経験したことのないような勢いで、日本全国を席捲しました。東京や周囲3県はじめ全国至る所で、患者の急増により医療が逼迫し、施設や自宅での療養を余儀なくされる患者で溢れました。全国における自宅療養者は一時13万人を超え、そのうち40人を超える患者が7,8月の2か月間に適切な治療を受けられないまま亡くなっています。三重県でも1日あたりの新規患者数が500人を超え、入院患者も自宅療養者も過去最高を更新し、三重大病院では集中治療室がコロナ患者で満床となり、不急の手術を延期せざるを得ないという事態にまで陥りました。各地に発令されていました緊急事態宣言（19都道府県）やまん延防止等重点措置（8県）も、9月30日まで延長されましたが、その効果もあったのでしょうか、8月下旬にピークを迎えた新規患者数は、9月に入って急速に減少し、半ばを過ぎてずいぶん少なくなりました。私たちにとって少しは気を休められる状況にはなりましたが、感染者が減少しても重症患者はなかなか減らないという状況が起こっています。デルタ変異株による肺炎では、一度人工呼吸器を装着するとなかなか離脱することができない、すなわち肺炎が重症化すると回復するのに時間がかかるのだそうです。そのため全国どこの病院でも、今なお重症病床には余裕がありません。

　デルタ株による第5波感染拡大は、医療界だけでなく社会全体に深刻な混乱をもたらしました。少し鎮静化した今、これまでの経過を振り返り、私たちの考え方や措置は正しかったのか検証してみたいと思います。

● **コロナワクチンは効果あったのでしょうか？**

　マスコミで盛んに報じられましたように、第5波における感染者は、圧倒的に60歳代以下のワクチン未接種に多く、ワクチン接種の進んだ65歳以上の人達にはきわめて少なかったことは、確かに感染予防効果のあったことを

241

示しています。

　それでは重症化についてはどうでしょうか。第5波感染拡大時における東京都の死亡者のワクチン接種歴を図1に示します。423人の死亡者のうち293人（約70%）はワクチン未接種者で、ワクチン2回接種完了者は33人(8%)でした。ワクチン接種は重症化を防ぐことも明らかですが、ただここで大切なことは、ワクチンを接種しても1割弱の人が亡くなっているということです。

コロナ死亡者の接種歴
（7月19日〜9月14日の都内死者分）

不明
59人

2回接種
33人

1回接種
38人

計
423人

未接種
293人

全体の**69%**

※都の資料を基に作成

図1　東京都におけるコロナ死亡者のワクチン
接種歴（2021年9月18日付中日新聞より）

　ついで日本における人口100万人あたりの新規感染者数と死者数の推移を調べてみました（図2）。昨年9月からの1年間、週平均値の推移ですが、右端にあるピークがデルタ株による第5波を示しています。驚くことに、第5波による新規感染者数は、以前の拡大期に比べ数倍多いことが分かります。如何にデルタ株の感染力が強かったかということが示されています。死亡者数も増えてはいますが、従来の拡大時に比べ半分ほどです。

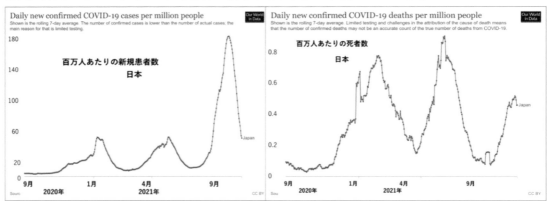

図2　日本におけるコロナ患者数、死亡者数の推移（週平均）（Our World in Data より引用）

● 　国民のワクチン接種率が上昇すると、コロナ感染は抑えられるのでしょうか？

　第5波拡大期当時、日本におけるワクチン接種率は40〜50%ほどでした。さらに接種率が上がるとコロナ感染は抑えられるのでしょうか？そこで日

本よりもワクチン接種の進んでいる英国、フランス、ドイツの3国における感染者数と死亡者数の推移を比較してみました（図3）。いずれの国においても、デルタ株による新規感染者数は、以前の拡大期に比べ少なく、死亡者も大幅に減少しています。これら3か国におけるワクチン接種完了者は60%を超えていますので、確かにワクチンの接種率が上がれば、たとえデルタ株であっても感染は制御できるのかも知れません。これは確かなようですし、私もそう信じます。

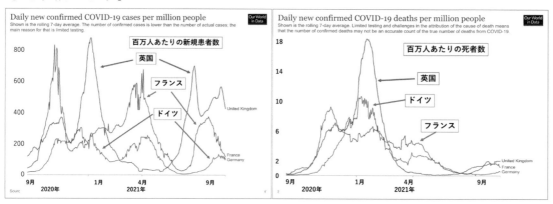

図3　欧州3国におけるコロナ患者数、死亡者数の推移（週平均）（Our World in Data より引用）

● **ワクチン接種先進国ではどうなっているのでしょうか？**

　ワクチン接種がさらに進んで、国民の大多数がワクチン接種を済ませば、コロナ感染は完全に制御できるのでしょうか？そこでワクチン接種率が80%前後のイスラエルやシンガポールでの推移を調べてみました（図4）。意外にもイスラエルでは、今年5月以降ほとんどみられなかった新規感染者が9月に入って急増し、それにつれ死亡者も増えています。シンガポールも同様です。ワクチン接種率が高いのに、なぜ感染者が増えたのでしょうか？

　その原因の一つは規制緩和です。イスラエルでは今年の春以降マスク着用や移動制限など様々な規制が次々に緩和されました。そのため人の密集する機会が増え、感染力の強いデルタ株によりワクチン非接種者を中心に感染が拡がったと言われます。もう一つは、ワクチン接種により得られた抗体が、時間の経過とともに減少することです。ファイザー社ワクチンのデルタ株に対する感染防止効果は、接種直後は95%ですが、半年でほぼ半減するそうです。ただし重症化予防率は90%前後で時間的変動はないそうです。そこで現在、再び抗体量を増やすために3回目のワクチン接種が始まっています。

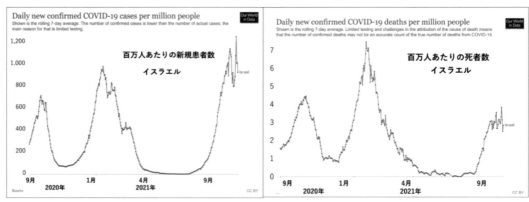

図4　イスラエルにおけるコロナ患者数、死亡者数の推移（週平均）

（Our World in Data より引用、改変）

● 新しい治療法に期待が高まります

　今、コロナ感染症に対する新しい治療法、抗体カクテル療法が注目されています。これはカシリビマブとイムデビマブという2種の抗体を同時に投与することにより、コロナウイルスが体内で増殖することを抑制します。感染早期のウイルスがまだ増えていない軽症期に投与しますと重症化するのを防ぐことができます。その有効性は 70%を超えるそうで、発熱があっても翌朝にはケロッとしている人が多いとのことです。難をいえば点滴注射薬ということです。インフルエンザにおけるタミフルのように経口薬ができれば、自宅療養の軽症患者には朗報です。現在、欧米はもとより日本の製薬メーカーもこの経口薬の開発に必死に取り組んでおり、そう遠くない時期に使えるようになると思われます。

● これからはどうすればよろしいのでしょうか？

　とにかくワクチンを接種すること、これは大原則です。ただし国民のワクチン接種率が 80%を超えても気を緩めてはなりません。引き続き日常生活では三密の回避など感染対策に十分気を使い、集会などへの参加もワクチン接種証明書などの提示を必要とするものに限定するのが安全です。重症化を防止する経口治療薬が使えるようになりましたら、だんだんインフルエンザに近い状態になるものと期待されます。それまでもう少しの辛抱です。

第5波感染拡大の消退と今後の対応

　新型コロナウイルス感染拡大の第5波は、8月から9月にかけて日本列島で猛威を奮った後、9月の半ばを過ぎて急速に減衰し、10月に入ると嘘のように静かになりました。緊急事態宣言はじめ様々な措置も相次いで解除され、少しずつ穏やかな生活が戻りつつあります。「やれやれ」といったところですが、なぜコロナ感染はこんなに急速に消退したのか、よく分かりません。不気味なほど静かになりました。でも鬼の居ぬ間の洗濯です。何時やって来るかも知れない第6波に備えて、今のうちに行政も医療側も万全の対策を講じておかねばなりません。そこで今回は、第5波での経緯を振り返り、第6波ではどのような準備をしておかねばならないか、私見を述べさせていただきます。

1）第6波はほんとうに来るのでしょうか？

　第5波におけるデルタ株のように、感染力のきわめて強い変異株が新たに誕生すれば、第6波の来る可能性は確実に高くなります。一方英国では、新規の変異株は出ていないのに、10月に入って急速な感染再拡大が起こりましたが、その原因は行動規制の解除にあるようです。行動規制をどのように緩和していくか、再拡大を防ぐためには大切なことのようです。

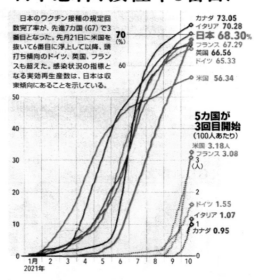

図1　G7各国におけるワクチン接種率
（中日 新聞 10 月 23 日より）

2）第6波では第5波と比べどのように変わりますか？

A)ワクチン接種率がさらに上昇します

　ワクチン接種終了者の割合をG7各国で比較したグラフを図1に示します。日本は68.3%でカナダ、イタリアに次いで3番目で、英、独、仏、米国を追い越しました。近いうちに 80%を超えると思われますが、そうなりますと第

5波の時と比べ大きく事情が変わって来ます。ワクチン接種によりコロナ患者の重症化や死亡リスクを減らすことができるからです。

B）種々の新規治療法を利用できるようになりました

　軽症のコロナ患者に抗体カクテル療法を行えば、中等症へ進行することを防止することができます。さらに他の抗体を用いた治療法や経口治療薬が、まもなく使えるようになる見通しで、これらの治療法を迅速かつ適切に使えば、重症化には至らず軽症のままで終わるコロナ患者が増えます。

3）第6波に対する具体的な対策は？

A）コロナ入院病床を確保するためには重症者を減らすことです

　コロナ患者が入院できず自宅療養や待機中に死亡するという痛ましい事例が、第4波では関西で、第5波では首都圏において頻発しました（図2）。コロナ患者がいつでも入院できるように病床を確保するためには、病床数を増やすか、入院患者を減らすかのどちらかです。現在全国の病院ではコロナ病床数をさらに増やすように対策が進められていますが、たとえ病床数が増えても、コロナ診療にあたるスタッフの人数は限られていますので、この方法には限界があります。もう一つは、中等症や重症患者を減らして入院患者を減らすことですが、そのためには軽症患者に抗体カクテル療法などを迅速に行うことが有効ですし、ワクチン接種率の進むことも追い風となります。今のところ抗体カクテル療法は限られた施設でしか行えませんが、より多くの医療施設で施行できるようにする必要があります。私達医師に課せられた最大の責務は、様々な治療法を活用してコロナ患者の重症化を防ぐことにあり、なるべく多くの医師にその機会を与えるべきです。

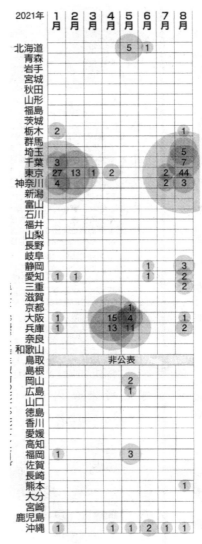

図2　コロナ患者自宅療養死の推移（朝日新聞9月25日より）

246

B) 自宅療養患者への手厚い診療が大切です

　軽症患者が増えますと、ホテルなどでの宿泊療養や自宅療養患者が増えます。自宅療養者には相談する医療者がいませんので、常に不安を抱きながら孤立したまま療養しています。それを救うのが診療所の医師や訪問看護師などによる訪問診療や電話相談などで、そのような人たちが働きやすい環境を整備することも大切です。

2021（令和3）年10月

集団免疫とウイルス干渉

　11月に入り新型コロナ感染は嘘のように静かになり、穏やかな日が続いています。東京でも1日の新規感染者数が10人を割るなど、第5波の混乱は何だったのかと思うほど平穏な日の連続です。このままコロナが消退してくれれば言うことはないのですが・・・。

　日本での閑静をよそに、1-2か月ほど前からドイツ、イギリス、オーストリアなどの欧州諸国や韓国では感染者が急増しています。ことに隣の韓国では、ワクチン接種率が79.1%と日本よりも高く、マスク着用などコロナ感染防止に対する国民の意識も高いのに、異常な勢いで感染者が増えています。他方、ワクチン接種率が40%にも満たないインドにおいては、新規感染者数が、今年の初夏に大きなピークを記録した後、急速に減少し今も漸減しています。ワクチン接種率の高い国で患者が増え、低い国では減っている、この逆転現象はいったいどういうことでしょうか？　さらに今一番気になるのは、南アフリカで新しく発見された変異ウイルス、オミクロン株です。そこで今回は、韓国、インド、日本における現状を解析し、オミクロン株について今までに分かっていることをまとめてみました。

　今年1月からの日本、韓国、インドにおける1日あたりの新規感染者数（人口百万人あたり）の推移をグラフにしました（図1）。日本では第3，4波の後、第5波の大きなピークがあり、その後は急速に減少しています。同様にインドでも、5月頃に巨大なピークを記録して以来、急減しています。一方韓国では明らかなピークはなく徐々に増加しています。

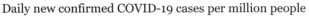

Daily new confirmed COVID-19 cases per million people

7-day rolling average. Due to limited testing, the number of confirmed cases is lower than the true number of infections.

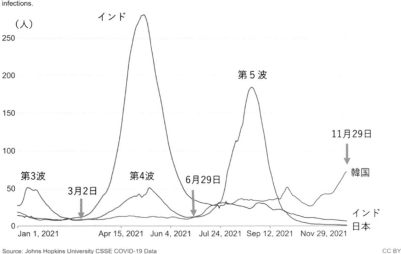

Source: Johns Hopkins University CSSE COVID-19 Data

図1　日本、韓国、インドにおける1日あたりの新規感染者数

（人口百万人あたり）(Our world in data より)

　日本における新規患者数は、3回のピークの間に2回の谷がありました。それぞれの谷の最深部にあたる3月2日と6月29日、さらに直近の11月29日における新規感染数を表1に示します。日本の新規感染者数は、3月と6月頃の谷においてはいずれも10人前後ですが、その後ともに再拡大が起こっていますので、「下げ止まり」の状態にあったと考えられます。ところが11月になりますと0.8人と10分の1以下に減少しています。かってない低い数で「底をついた」とも考えられます。

	3月2日	6月29日	11月29日
日本	7.8	11.9	0.8
韓国	7.5	12.3	73.2
インド	11.2	34.3	6.3

表1　1日あたりの新規感染者数 の比較（人口百万人あたり）

　一方、韓国における新規感染者数は、今年1月から6月まで10人前後でほとんど変化なく、「下げ止まり」の状態が続いていたと考えられます。

1) 韓国における感染者急増

　マスコミでも報じられていますように、その原因として次の3点が挙げられます。

早過ぎた規制緩和：韓国では、11月より飲食店における営業時間制限の撤廃など様々な規制緩和が開始されました。患者数は「下げ止まり」の状態だっ

たのですが、思い切って規制緩和に踏み切ったのです。これは欧州各国でも同じです。すると感染者は増加し、それにつれて重症者も増えますので入院病床はひっ迫します。大幅な規制緩和が早過ぎたのではないかと言われています。

高齢者におけるブレイクスルー感染の増加：ワクチン接種終了後にコロナに感染することをブレイクスルー感染と言いますが、韓国では 6 月に 116 人であったのが 10 月には 10,092 人と 90 倍近くにまで跳ね上がりました。特に 60 代以上の高齢者に多く、感染者の 80%がブレイクスルー感染であったと言われます。なぜ高齢者にブレイクスルー感染が多いのでしょうか。韓国でのワクチン接種は 4 月頃より高齢者を対象に始まりましたが、使用されたワクチンの多くはアストラゼネカ社製のものだったそうです。ブレイクスルー感染の発生率はワクチンにより異なり、アストラゼネカ社製ワクチンでは 0.171%で、ファイザー社製のもの（0.064%）に比べ 3 倍ほど高く、それが高齢者にブレイクスルー感染の多い原因の一つとされています。

ワクチン未接種の若年者における感染拡大：韓国では、若年者におけるワクチン接種があまり進んでいません。日本における 12 歳以上の若年者のワクチン接種率は 70%近いのに、韓国では 15%そこそこしかなく、ワクチンを受けていない若者に感染が急増しています。

　以上のような理由で韓国では感染者が増えているのですが、その教訓を生かして私たちは、規制緩和はできるだけ慎重に行う、ワクチンの 3 回目接種を急ぐ、国民一人ひとりの抗体量を増やしてブレイクスルー感染を防ぐ、若年者にもさらにワクチン接種を進め、家庭内感染や学校内感染を防ぐなどの対策が必要と思われます。

２）インドにおける感染者急減

　インドでは 4 月から 5 月にかけて、1 日あたりの新規感染者数は全国で 40 万人を超え、首都ニューデリーでも 2 万 8 千人に達したそうです。そこでロックダウンなど様々な対策が講じられましたが、7 月に入りますと急速に患者が減り始め、最近ではニューデリーでも連日 100 人を下回るようになったとのことです。発表によりますと、ニューデリー市民の新型コロナウイルスに対する抗体の保有率は 97%に達し、その大部分は感染による自然免疫で、残りはワクチン接種によるものとのことです。ある集団において、大多数の人が抗体を保有するようになると感染は消退します。これを集団免疫と言い

ますが、インドでは集団免疫が形成されたのではないかとも言われます。

３）日本における感染者激減・・・ひょっとして集団免疫？

　現在の日本の感染者数はインドよりもさらに少なく、より完全に感染が抑えられていると考えられます。とにもかくにも最近の日本における感染者の激減ぶりは驚異的であり、専門家も首をかしげるほどです。一説では、第５波の感染拡大の時、PCR 検査を受けていない無症状の感染者で、（感染により）自然に免疫を獲得した人が数十万人以上いると推定され、それに国民の大多数がワクチン接種により免疫を獲得しましたので、インドと同じように集団免疫が形成されたのではないかと言われています。そうでも考えないと、感染者が自然に減少していく、今の状況を説明し切れないそうです。もしこれがほんとうであれば、こんな喜ばしいことはありません。そうであることを願うばかりです。

４）オミクロン変異株・・・ウイルス干渉への期待

　オミクロン株に関して、今までに分かっていることを列挙します。

a）11 月 24 日に南アフリカで最初に報告されて以来、急遽、世界各国で取られた必死の水際対策にもかかわらず、１週間も経たないうちに既に 40 近くの国で確認されたこと。

b）とにかく感染力が強く、南アフリカにおけるコロナ感染は、10 月までは 70％以上がデルタ株でしたが、11 月にはオミクロン株に置き変わってしまったこと。

c）患者の症状はいずれも無症状か軽症で、重症者や死亡者は報告されていないこと。

d）既存のワクチンが効くかどうかまだ不明であること。

　ここで注目されるのは、オミクロン株は感染力が強く、無症状や軽症の患者が多いということです。以前にもお話しましたが、「ウイルス干渉」という現象があります。一つのウイルスがまん延すると他のウイルスは増殖できないというものです。もしオミクロン株によるウイルス干渉が起きますと、デルタ株など他のウイルスは増えることができないことになります。まさに今、南アフリカで起こっていることであり、同じことが世界中で起こり得ます。しかもオミクロン株の重症化率が低いのであれば、今後のコロナ感染においては重症患者の減る可能性もあります。もしそうなったら、それは有難いことです。そこでどうしても気になるのがオミクロン株の重症化率です。それ

が判明するまでに年内いっぱいほどかかるそうですが、結果が俟たれます。

　ただし、これまで述べてきたことは、あくまでもウイルス学にも公衆衛生学にも門外漢の老いぼれ医の単なる思い付きに過ぎず、的外れかも知れません。しかし私個人的には、集団免疫とウイルス干渉、今後のコロナ感染の動向を探る上でキーワードになるような気がしてなりません。

2021（令和3年）11月

オミクロン株の登場

　2021年11月24日、南アフリカよりWHOへ最初に報告されたオミクロン株は、その後爆発的に拡大し、またたく間に欧米はじめ世界100か国以上へ拡がりました。1日あたりの感染者も桁違いで、年が明けて英国やフランスでは20万人以上を記録し、米国では100万人を超えました。ワクチン接種も進み、新型コロナウイルス感染により自然抗体を獲得した人も増える中で、この異常な増加ぶりはどうなっているのでしょうか。そのオミクロン株による市中感染が、とうとう日本にもやって来ました。昨年12月22日大阪で3名検出され、今年に入り東京や沖縄など全国で感染者が急増しています。それが今後どうなって行くのか、最も気になるところです。そこで今回はこのオミクロン変異株に焦点を当てました。

１）感染力：
　とにかく感染力が強く拡大のスピードが速いことは間違いありません。図1をご覧ください。英国において、オミクロン株における感染拡大のスピードを他の変異株と比較したものです。オミクロン株では、感染拡大の立ち上がりが急峻で、拡大速度のきわめて大きいことが示されます。

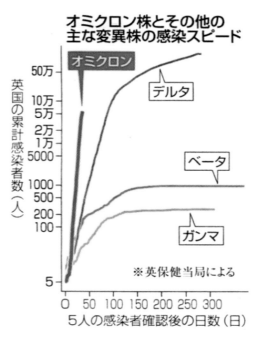

図1　新型コロナウイルス変異株の
　　感染速度の比較（中日新聞より）

251

2）重症化率：

　当初、オミクロン感染では無症状か軽症患者が多く重症や入院例が少ないとの報告がありました。しかしその後、オミクロン感染により入院したり死亡する例も少なくないとの報告も続きました。現在でもはっきりとした傾向はみられず、重症化率に関して結論を得るためには後1か月ほど必要とのことです。

8）死亡率：それでは死亡率はどうでしょうか。新型コロナウイルス感染による感染者数と死亡者数の時間的な推移を、南アフリカ、英国そして日本で比較してみました。

　まず南アフリカです（図2）。過去3回感染拡大があり、オミクロン株によるものは第4波に相当しますが、そのピークは従来の波に比べ高いことが分かります。第4波は11月に始まりましたが、12月半ばにはピークを迎え、以後減少に転じています。一方死亡者数の波は、過去3回の拡大期にはかなり大きかったのですが、第4波ではピークらしいものがみられません。第4波ではコロナ感染の98%以上がオミクロン株と言われており、オミク

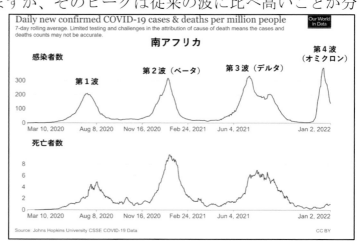

図2 南アフリカにおける新型コロナ感染の感染者数と死亡者数の推移（Our World in Data より）

ロン感染による死亡者の増加は、かなり少ないものと推測されます。

　ついで英国です（図3）。オミクロン株による感染拡大は第4波に相当しますが、そのピークは過去3度の拡大期と比べ異常に高く、現在も増え続けています。一方、死亡者数はどうでしょうか。英国では、第1波やアルファ株による第2波において死亡者が非常に多く大きな打撃を受けました。ところがデルタ波による第3波では、死亡者増はほとんどみられず、ピークらしいものがみられません。第4波を迎えてもその傾向はそのまま続いています。感染者は増えても死亡者は増加しない、この事実に基づいてイギリス政府は、現在も行動制限や様々な規制の撤廃という強気の政策を続けています。米国

やほかの欧米諸国でも、大体同じような状況です。しかし感染力の極めて強

いオミクロン株に対
し、マスクもせず三密
を避けるなどの行動
制限もしないのです
から、感染者が増える
のは当然です。それが
現在の常軌を逸した
感染者数の増加に繋
がっているのでしょ
う。今も増え続ける感
染者、そのピークは1
月中頃でしょうか、そ
の時、重症者や死亡者

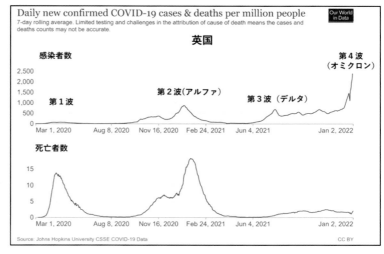

図3 英国における新型コロナ感染の感染者数
と死亡者数の推移 （Our World in Data より）

数がどうなっているか、注目されます。

　それでは、日本ではどうでしょうか（図4）。私たちはデルタ株による第5
波で感染者も死亡者も激増し社会的な大混乱を経験しました。幸い今は落ち

着いています
が、年明けと
ともに増えて
来たオミクロ
ン感染、たと
え第6波にな
ったとして
も、南アフリ
カのようにな
れば良いので
すが・・・。
英国や米国な
ど各国の今後
の動静を注視
せねばなりません。

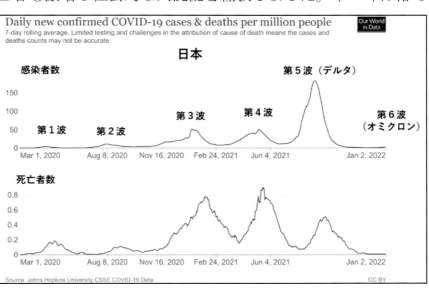

図4 日本における新型コロナ感染の感染者数と死亡者数の推移
（Our World in Data より）

3）ワクチンの感染防止効果：

　ファイザー、モデルナ、アストラゼネカなど、私たちが今まで受けて来たワクチンは、オミクロン感染を防止するのにどれぐらい効果があるのでしょうか。最近英国から次のような報告が出されました。

◆ワクチン２回接種後の感染防止効果は、２か月で半減し３〜４か月でほぼ消失する。

◆３度目のブースター接種を行うと、１か月ほどは比較的高い感染防止効果があるが、２〜３か月もすると減衰していく。

　残念ながら、私たちが今まで受けて来たワクチンは、オミクロン感染の防止には限界があるということです。そのため、欧米諸国やイスラエルなどワクチン接種率が高い国でもオミクロン感染が爆発的に増え、日本の感染者にもワクチン接種終了者がいるのです。

4）ワクチンによる重症化回避効果：

　これも英国からの報告です.

◆オミクロン株の病原性は弱い可能性が高いが、その程度は大きくない。

◆自然感染やワクチン接種により得られた免疫は、オミクロン株による重症化を防ぐ上でかなり有効で、80%以上との報告もある。

　米国における重症者や死者は、ワクチン未接種者に多いとのことです。感染しても重症化し難い、ちょうどインフルエンザワクチンと同じで、これは有難いことです。

5）治療薬の有効性：

　現在開発が進められている治療薬の有効性はどうでしょうか。

　モルヌピラビルは、米国メルク社の開発した新型コロナ感染治療薬で、日本でも昨年末に経口治療薬として承認され、全国の医療機関や薬局に配布されています。オミクロン感染の軽症患者に投与することにより、入院や死亡のリスクを 30%減らす効果があると言われます。当面は、重症化しやすい高齢者や基礎疾患を有する人たちを中心に使われます。一方、第５波のデルタ株に対し、抗体カクテル療法として軽症患者の重症化を防止するのに有用であった**コロナ中和抗体薬ロナプリーブ（カシリビマブ／イムデビマブ）**は、オミクロン感染においては中和抗体を減少させるとして推奨されていません。

オミクロン感染においてワクチンの効果に全幅の信頼が置けないとすれば、私たちはどうすればよいのでしょうか。一つには経口治療薬をうまく使うことで、軽症のうちに服用すれば効果が高いと言われます。しかし何よりも大切なことは、感染しないことです。そのために基本的な感染防止対策、マスク着用、手洗い、三密の回避を続けなければなりません。デルタ株からオミクロン株に置き変わっていく中で、欧米の轍を踏まないためにも、月並みですが、個人個人の感染対策の徹底、これに尽きるのではないでしょうか。

2021(令和3)年12月

オミクロン感染とワクチン接種効果

　年明けとともに日本列島はすべてオミクロンに置き変わりました。1月末には、日本全国における新規感染者は8万人を超え、自宅療養者も26万人と連日過去最多を更新しています。これから先どこまで増えて行くのでしょうか、懸念されます。前号では拡大の始まったばかりのオミクロン感染についてまとめましたが、それから約1か月経って情勢も変化し、新たな事実も判明して参りましたので、ここで再度まとめてみます。

1）**感染力**：感染力の強いことは、ご周知の通りです。ところで最近気になるニュースが入って来ました。オミクロン株には、その系統として BA.1 と BA.2 があり、現在日本で主流となっているのは BA.1 です。ところが最近デンマークやイスラエルなど一部の国では、BA.2 が増えているとのことです。BA.2 の特徴は、感染力が BA.1 より 18%ほど強いことと、通常の PCR 検査では検出できないことで、そのためステルスオミクロンとも呼ばれています。ステルスとは英語の stealth、「隠密に」「気づかれずに」などの意味で、知らぬ間に拡がっていくためこの名が付きました。今後 BA.2 オミクロン株の増えることが気になりますが、幸い国内の PCR 検査では検出可能で、毒性も BA.1 と変わらないそうです。

2）**重症化率**：この1か月の経過で重症化率も低いということが明らかになって来ました。三重県内の医療機関におけるコロナ感染状況を調べますと、デルタ株最盛期の昨年9月2日には入院患者数308人に対し重症者数は31人（10%）でしたが、オミクロン株の拡大した1月26日には入院患者170人

に対し重症者はわずか1人（0.6%）で、約1/20になっています。この差の主な要因は、オミクロン感染では肺炎を起こすことが少なく、人工呼吸器などを必要とする患者が少ないことです。これは患者さんにとっても医療スタッフにとっても有難いことで、入院患者は連日増え続けていますが、医療の現場は思いの外平穏です。今までは若年感染が多かったことも平穏であった理由の一つでしたが、これから高齢者の感染が増えるものと想定されます。高齢になればなるほど肺炎などを合併しやすく、重症者の増えることが危惧されます。重症患者を増やさないためには、高齢者の新規感染を抑えることが大切で、そのために最適な方策を急がねばなりません。

３）ワクチンの発症予防効果：

　図１は、オミクロン株とデルタ株に対するワクチンの発症予防効果を経時的に比較したものです。ファイザーワクチン2回接種では、オミクロン株の発症防止効果は5か月も経ちますと 10%ほどに低下します。3回目のワクチン接種により発症予防効果は再上昇しますが、オミクロン株に対しては、ファイザーワクチンよりもモデルナワクチンの方が効果は高くなっています。

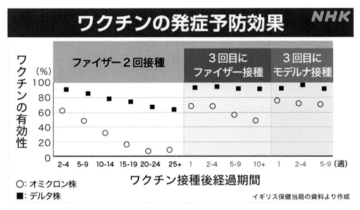

図１　ワクチンのコロナ感染発症予防効果
（NHK のホームページより）

日本では、3 回目の接種にファイザーワクチンを希望する人が多いようですが、実はモデルナ社の方が効果が高いようです。気になる副反応も、投与量を半分にすることで抑えられるとのことです。

４）ワクチンの重症化防止効果：

　オミクロン感染による入院を防ぐ効果、すなわち重症化防止効果は、ファイザーやモデルナ社などのワク

ワクチン接種による入院を防ぐ効果	
2回接種（2〜24週経過）	72%
2回接種（25週以上経過）	52%
3回接種（2週以上経過）	88%

表１　ワクチンのコロナ感染重症化
防止効果（NHK のホームページより）

チン 2 回接種では半年もすれば半分ほどに低下しますが、3 回目の接種を行うことにより劇的に改善します（表1）。

5）今後どうすればよいでしょうか。

　今年 1 月 27 日における欧米諸国と日本の新規感染者数（人口 100 万人あたり）とワクチン 3 回目の接種率を比較しました（表2）。日本を除く 4 か国では、日本に比べ新規感染者数は桁違いに多く、また 3 回目のワクチン接種率も格段に高くなっています。イスラエルでは 4 回目の接種すら行われています。それなのに感染者が多いということは、どういうことでしょうか。

　一つにはワクチンのオミクロン感染防止効果が絶対的なものではこと、さらにこれらの国ではマスク着用の解禁など行動規制の緩和が進み、ワクチン未接種や 3 回目未接種の人たちの感染が多くなっていることが考えられます。

　一方日本では、現在まん延防止等特別措置が発令されていますし、そうでない場合にも国民の誰もがマスクの着用、三密の回避、手洗いの励行などの感染防止行動をきちんと守ります。ワクチン接種は重症化を防ぐために絶対に必要ですが、感染を防止するためには、さらに感染を防止する行動を併用することが大切なのではないでしょうか。日本人の几帳面な感染防止行動が、新規感染者の増加をどこまで抑えられるか、ここ数週間でその真価が問われます。

	新規感染者数/日	3回目ワクチン接種率
イスラエル	8,544	54%
フランス	5,345	47%
米国	1,719	26%
英国	1,330	54%
日本	466	2.3%

表2　新規感染者数/日とワクチン 3 回接種率の比較(Our World in data より)

著者略歴
・竹田　　寛(たけだ　かん)
昭和24年1月10日生
昭和50年三重県立大学医学部卒業
平成９年三重大学医学部放射線科教授に就任
平成21年より三重大学医学部附属病院長
平成25年より桑名市総合医療センター理事長

・竹田　恭子(たけだ　きょうこ)
昭和23年９月27日生
昭和47年武蔵野美術大学 産業デザイン学科卒業

新・理事長の部屋から

発行日	2022年９月９日	
	著　者	竹田　寛
	挿　絵	竹田恭子
	発行所	三重大学出版会

〒514-8507　津市栗真町屋町1577
三重大学総合研究棟Ⅱ　304
Tel/Fax　059-232-1356
Email：mpress01@bird.ocn.ne.jp
　　　　mpress@bird.ocn.ne.jp

社　長　濱　千春
印刷所　伊藤印刷株式会社
〒514-0027　津市大門32-13
Tel　059-226-2545
K.Takeda 2022　Printed in Japan

ISBN978-4-903866-63-5 C0076　￥2500E